어서 와,

원양어선은
처음이지?

일러두기

- 선상 용어에는 일본어 등 외래어 표현이 많습니다. 현장감과 말맛을 살리기 위해 그대로 실었으며 각주를 달았습니다.
- 책에 등장하는 참치의 공식 명칭은 '다랑어'입니다. 원양어선에서는 흔하게 '고기'라고도 부르며, 책에선 일반적으로 널리 쓰이는 '참치'로 자주 언급됩니다.

어서 와,
원양어선은
처음이지?

김현무 지음

애플북스

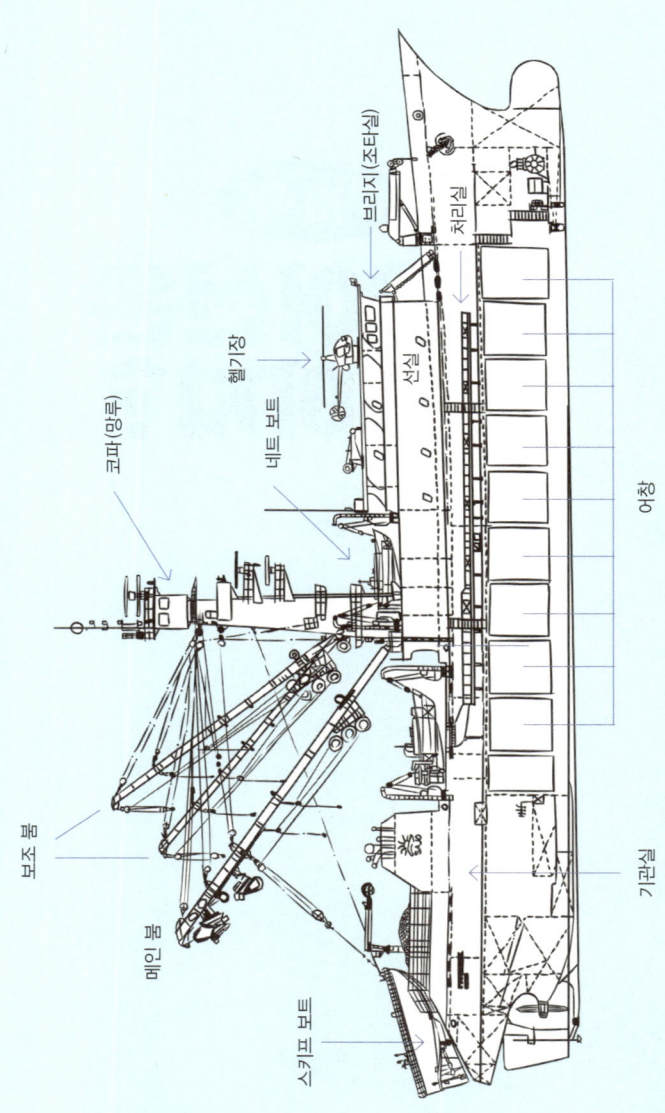

배 **구조도** (2,000톤급 참치 선망선)

- 브리지(조타실)
- 처리실
- 선실
- 헬기장
- 네트 보트
- 코파(망루)
- 보조 붐
- 메인 붐
- 스키프 보트
- 어창
- 기관실

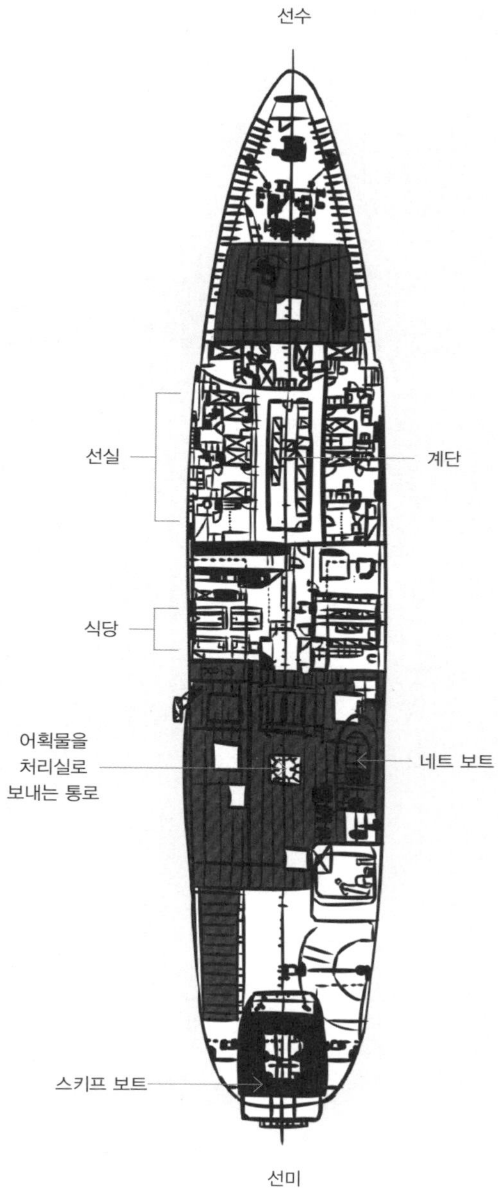

선수

선실

계단

식당

어획물을
처리실로
보내는 통로

네트 보트

스키프 보트

선미

선내 구성원 조직도

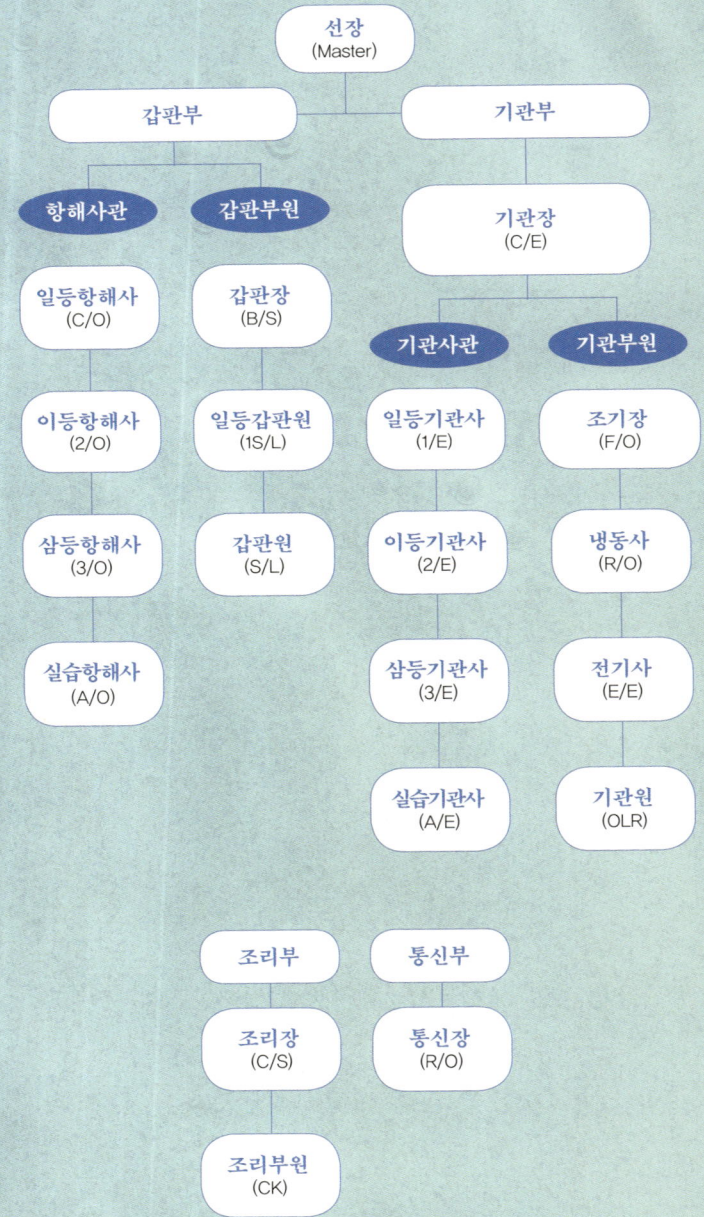

선장
(Master)

갑판부

기관부

항해사관

갑판부원

기관장
(C/E)

일등항해사
(C/O)

갑판장
(B/S)

기관사관

기관부원

이등항해사
(2/O)

일등갑판원
(1S/L)

일등기관사
(1/E)

조기장
(F/O)

삼등항해사
(3/O)

갑판원
(S/L)

이등기관사
(2/E)

냉동사
(R/O)

실습항해사
(A/O)

삼등기관사
(3/E)

전기사
(E/E)

실습기관사
(A/E)

기관원
(OLR)

조리부

통신부

조리장
(C/S)

통신장
(R/O)

조리부원
(CK)

선장 (Master)
선박의 최고 책임자. 조업 지휘, 어장 결정, 선박 운항 및 모든 일정을 총괄한다.

일등항해사 (Chief Officer)
선장의 보좌 및 갑판부 총괄 책임자. 조업을 위한 모든 업무를 준비하고 견시, 선체 점검, 갑판 장비 유지보수, 선원 지휘, 안전관리를 담당한다.

이등항해사 (Second Officer)
해도 및 항법장비 관리 담당. 조업 중에는 헬리콥터 어탐 및 소나 등 전자장비를 통한 어군 탐색을 지원한다.

삼등항해사 (Third Officer)
선장을 두루 보좌하며 어탐 시 레이더 견시, 항해 당직 수행, 선박 일일 로그를 기록한다.

갑판장 (Boatswain)
갑판부 작업 책임자. 갑판부 선원들을 현장에서 지휘하고 양망, 투망, 갑판 정비, 도색, 로프 및 와이어 관리를 총괄한다.

일등갑판원 (1st Sailor)
갑판장의 지휘 아래 양망, 백작업 등 주요 작업을 담당하는 조업의 핵심 역할. 배에선 '헷또'라고 부른다.

기관장 (Chief Engineer)
선박 기관부의 최고 책임자. 메인 엔진, 발전기, 냉동 · 유압 · 펌프 등 모든 기계류의 유지보수를 총괄하며, 밑으로 일등기관사, 이등기관사, 삼등기관사가 있다.

조기장 (F/O)
기관실에서 기관부를 지휘하며, 조업 시 스키프 보트를 운전한다.

냉동사 (R/O)
어창, 어획물 냉각 시스템 담당. 배에서는 '아이스맨'이라고 부른다.

전기사 (E/E)
발전기 및 전기계통 점검, 배선 · 조명 · 유지관리 담당. 전기 계통 이상 시 즉시 복구 조치를 한다.

조리장 (Chief Steward)
선내 식사 계획 및 조리 총책임자. 식자재 관리, 선내 위생 점검, 메뉴 구성 등 선원들의 영양을 책임진다.

통신장 (Radio Officer)
무선통신, 위성통신, 레이더 · AIS 등 통신장비 운용 및 유지보수, 기상 · 안전통신, 본선 보고 담당. 요즘은 통신장 대신 이등항해사가 업무를 대신하기도 한다.

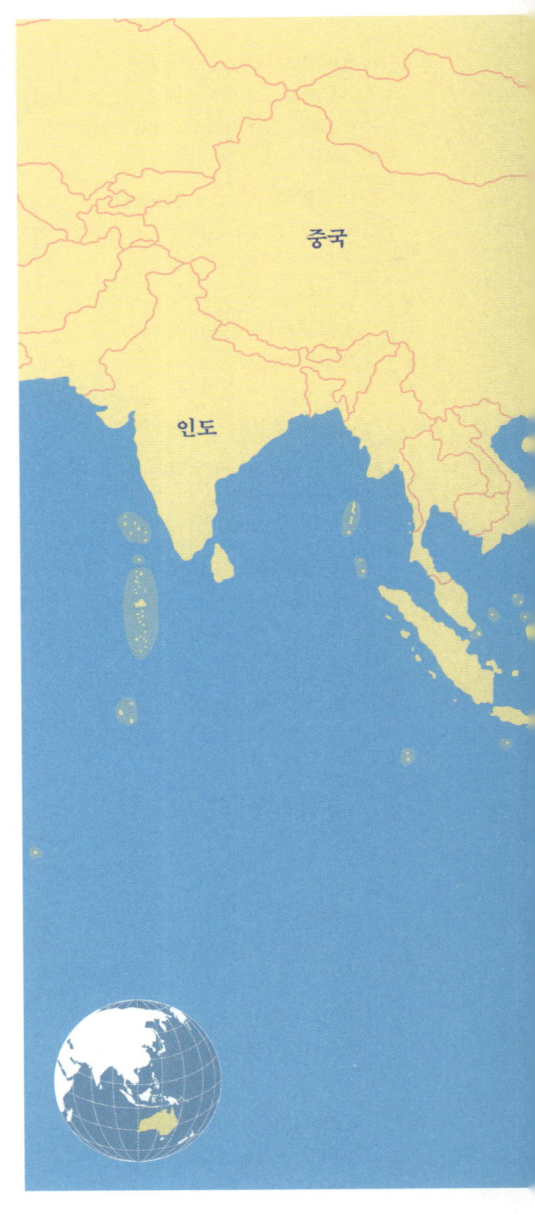

바다 위의 백조

끝이 보이지 않는 넓고 고요한 태평양 한가운데 정적을 깨는 마이크 소리가 들려온다.

"알피엠RPM 올리고!"

"알피엠 풀Full!"

배의 속도를 높이라는 선장님의 명령에 일등항해사의 복창이 이어지자, 서서히 엔진의 분당 회전수가 올라간다. 물속에 있는 프로펠러가 빠르게 회전하면서 육중한 철선이 서서히 바다를 가르며 나아간다.

긴 선체의 갑판 중간에는 코파Copa라고 부르는 높은 망루가 있다. 그리고 그 양옆으로 긴 붐대Boom가 뻗어 있는데, 그 모습이 마치 날개를 펼친 백조를 연상케 한다. 배의 연통 위로 검은 연기가 피어오르자 금방이라도 출정을 나갈 듯 육중한 철선이 더욱 빠르게 바다를 헤쳐간다.

"포트 텐."

"포트 텐!"

10

알피엠을 높이라는 것이 배의 엑셀을 밟으라는 신호라면 포트 텐Port Ten은 자동차의 핸들을 움직이는 것과 같다. 포트는 왼쪽, 스타보드Starbord는 오른쪽을 말하며, 그 뒤에 오는 숫자는 타각의 각도를 뜻한다. 포트 텐, 타각을 왼쪽으로 10도 돌리라는 명령에 따라 배가 서서히 좌선회를 시작한다.

저 멀리 푸른 바다 위에 백파白波가 일어난다. 참치 떼가 먹이 사냥을 하며 일으키는 하얀 파도. 백파의 규모를 보니 참치의 양이 꽤나 많아 보인다.

"스키프 보트Skiff Boat, 보조선, 스탠바이~"

선장님의 투망 명령만 기다리는 선원들의 눈빛에 긴장감이 가득하다. 한 번의 투망으로 100톤이 넘는 다랑어를 어획할 수 있는 퍼세이너Purse Seiner, 선망선에서는 선장님의 투망 명령이 임박한 바로 지금이 가장 중요한 순간이다.

"스키프 보트, 렛 고!!!"

선장님의 투망 명령과 동시에 모선 선미에서 그물 끝자락을 잡고 있던 스키프 보트가 바다를 향해 굉음을 내며 떨어진다. 백파를 중심으로 큰 원을 그리며 몰아가는 참치 포획 작전이 시작된 것이다. 선장님의 명령 아래 선원들이 일사불란하게 움직이고, 스키프 보트와 헬리콥터가 모선을 떠나 하늘과 바다에서 참치를 잡기 위한 입체 작전을 펼친다. 이때가 가다랑어를 주 어종으로 하는 선망선의 가장 매력적인 순간이다. 나는 이 순간을 즐기며 파도를 타는 원양어선 일등항해사이다.

원양어선이라고 하면 사람들은 어떤 이미지를 떠올릴까. 드라마 <이태원 클라쓰>에서 박새로이가 가게를 차리기 위해 7년 동안 일했던 곳? 중졸에 전과자 타이틀을 가진 사람들이 인생의 벼랑 끝에서 마지못해 찾아가는 곳? 사람이 실족사해도 아무도 신경 쓰지 않고, 온갖 욕설과 폭행이 묵인되는 곳? 급기야 배 위에서 사람이 죽으면 바다에 던져 버린다는 무지막지한 사람들이 모여 있는 곳?

정도의 차이는 있겠지만 위험하고 험악한 곳이라는 인식에는 대체로 동의하지 않을까 싶다. 나 또한 그랬었다. 키도 작고 몸집도 왜소한 내가 그렇게 험악한 데서 일할 수 있을까 걱정이 앞섰다. 고등학교부터 승선학과를 나왔지만 화물을 운반하는 상선을 탈 생각이었던 내게 원양어선은 기피 대상 1호였다. 그런 내가 원양어선에 10년째 승선 중이고 어느새 일등항해사라는 직책을 달고 있으니 사람 앞일은 정말 모르는 거다.

내가 대학교를 졸업하고 처음 승선한 배는 타이나Taina라는 이름의 태평양 다랑어 선망선이었다. 섬나라 투발루어로 '친구'라는 뜻인데, 생김새가 꼭 아름다운 백조를 연상케 했다. 큰 날개를 펼쳐

자태를 뽐내가며 호수 위에 유유히 떠 있는 백조 한 마리 말이다.

바라볼 땐 우아하고 아름답지만 백조는 그 자태를 유지하기 위해 쉴 새 없이 물속에서 발을 움직인다. 참치를 잡는 선망선도 그렇다. 날렵하고 긴 선체에 백조의 목처럼 곧고 우아하게 뻗은 코파, 그 양옆으로 날개를 연상시키는 하얀 붐대. 그리 크지 않은 선박에 탑재돼 있는 헬리콥터와 중형보트들 모두 거친 원양어선 소속이라고는 믿기지 않는 자태를 뽐내고 있다. 처음 선망선을 탄 사람이라면 필시 눈이 휘둥그레져서는 과연 이것들이 바다 위에서 어떻게 사용될지 호기심이 일 것이다.

하지만 갑판 위에 펼쳐진 멋진 신세계와는 다르게, 그 안에서의 생활은 만만치가 않다. 매일같이 반복되는 투망과 양망 작업, 그때마다 머리 위로 바닷물에 섞여 밀려오는 생선의 피비린내, 밤새 나의 살을 따끔따끔 간질거리며 잠 못 이루게 하는 해파리들, 해 뜨기 전부터 해가 진 이후까지 계속되는 어창에서의 하역 작업까지…. 고된 하역 작업 막바지에 마지막 고기가 운반선으로 넘어가면 곧바로 선장님의 출항 명령이 들려온다.

"올 라인 렛 고!"

그 말을 듣기까지, 마치 쉼 없이 움직이는 백조의 발처럼 우리는 참치를 잡기 위해 쉬지 않고 움직여야 한다. 내가 선망선을 바다 위 백조 같다고 하는 이유다.

원양어선을 탄다고 하면 사람들이 보이는 반응은 둘 중 하나다. 뱃사람의 낭만을 이야기하거나, 지옥 같은 노동을 떠올리거나. 다행히 나는 전자에 가깝다. 끝이 보이지 않는 망망대해를 바라보면 마음이 평온해지면서 미소가 새어 나오고, 커다란 고래가 입을 쩍 벌리며 멸치 떼를 입안 가득 넣고 하늘로 치솟을 때면 황홀경에 빠져 감탄한다. 물론 어디서도 경험한 적 없는 노동 강도로 일하지만, 고생한 선원들과 갓 잡은 참치를 구워 술 한잔 기울일 때만큼 맛 좋은 술도 없다.

하지만 분명 누군가에게는 고강도 노동으로 하루하루를 버텨

내야 하는 지옥 같은 삶일 수도, 긴 시간 동안 꼼짝없이 망망대해에 갇힌 감옥 같은 삶일 수도 있겠다. 그렇다. 지옥과 천국이 공존하는 곳. 내게도 원양어선은 그런 곳이다. 다행히도 나는 그 속에서 자주 낭만을 캐내는 행운아라고 생각한다.

고립무원 같은 삶에 탈출구를 찾고 싶어서 2018년부터 유튜브를 시작했다. 일하는 틈틈이 촬영하고 편집하느라 밤잠을 쪼개며 시간과 에너지를 갈아 넣어야 했지만, 영상에 호응해 주는 사람들과 소통하면서 비로소 외딴 바다 한가운데 있다는 고립감에서 벗어날 수 있었다. 의외로 원양어선 생활에 대한 궁금증을 댓글로 남기는 분들이 많았는데, 바쁜 승선 생활에 일일이 다 답할 수가 없었다. 이 책이 그분들에게 보내는 길고 상세한 댓글이라고 생각해 주면 좋겠다.

책에는 해양 전문학교로 일찌감치 진로를 정한 배경부터, 어리바리했던 삼등항해사 시절, 조금씩 견문이 넓혀졌던 이등항해사 시절을 거쳐 일등항해사가 되기까지의 과정을 연대순으로 기록했다. 개인적인 기록이지만 뱃사람들의 삶이 궁금한 독자들에게 부디 이 책이 바다와 원양어선의 생활을 생생히 전달할 수 있다면 좋겠다.

-2026년 1월, 새로운 항해를 시작하며

1장. 타이나호의 삼등항해사

2장. 세레나2호의 이등항해사

3장. 뜻밖의 장기 승선

4장. 패밀리아호의 일등항해사

5장. 항해사, 결혼하다

타이나호의
삼등항해사

바다는 한 번 마음을 사로잡으면, 영원히 경이의 그물 속에 그를 가둔다.
The sea, once it casts its spell, holds one in its net of wonder forever.

_자크 이브 쿠스토

내 꿈은 도선사

중학교 3학년. 학교가 끝나면 친구와 당구장을 전전하던 나였지
만, 그날은 웬일인지 피시방 컴퓨터 앞에 앉아 초록빛 검색창에
'대한민국 연봉 순위'를 검색했다.

　　1위 기업의 고위직 임원

　　2위 국회의원

　　3위 도선사

도선사? 어디선가 많이 들어 봤지만 생소한 단어였다. 검색창
에 '대한민국 연봉 순위'를 지우고 '도선사'로 다시 검색했다.

　영어로는 파일럿Pilot이라 불리는 도선사導船士는 수로의 안내인으로 항만이나 운하 등 선박의 출입항 통항을 인도하는 사람이다. 쉬운 말로 하면 배를 '발레파킹' 해주는 사람인 것이다. 보이지 않는 물속을 가르며 거대한 배를 항구에 접안시키기 위해서는 자신이 도선하는 항구의 조류와 수심의 변화, 각종 선박의 조종술을 꿰뚫고 있어야 한다. 그렇기 때문에 도선사가 되기 위해서는 6,000톤 이상의 선박에서 최소 6년 이상 선장으로 승선해야만 시험을 칠 수 있는 자격이 주어진다. 그리고 6,000톤이 넘는 배의 선장이 되기 위해서는 최소 10년 가까이 승선해야 하니 도선사가 되기 위해서는 길고 긴 항해사 생활이 필수인 것이다. 그래서 도선사는 항해 관련 직종의 최종 테크로서 '해기사[1]의 꽃'이라고 불린다. 게다가 대한민국 연봉 3위 직업이라니, 나의 진로는 일찌감치 정해진 듯 보였다.

그때 내가 살던 곳은 사면이 바다로 둘러싸인 전라남도 완도였다. 작은 시골 읍으로 고등학교 선택지가 두 개밖에 없는 곳이었다. 멀리 나가거나 섬으로 들어가면 학교야 더 있었지만, 완도에 사는 중학교 학생 대부분의 선택은 둘 중 하나였다. 인문계인 완도고등학교로 진학하느냐, 특목고인 완도수산고등학교로 진학하느냐. 공부를 잘하는 친구들은 인문계인 완도고등학교, 공부가

---

1 海技士. 기관사나 항해사처럼 선원으로서 일정한 기술과 지식을 가진 사람. 해기사 국가시험에 합격하면 면허증을 준다.

좀 처지는 친구들은 특목고인 완도수산고등학교로 가는 게 보통이었다.

나 또한 선택의 기로에 서 있었고, 그 고민이 그날 나를 당구장이 아닌 컴퓨터 앞으로 이끌었던 거다. 그리하여 마침내 도선사라는 직업을 알게 되었으니, 도선사가 되기 위해서는 바다를 항해하는 항해사가 먼저 되어야 했다.

그 무렵 나는 정확히 180명 중 90등을 하고 있었다. 턱걸이로 완도고등학교에 갈 수 있는 성적이었지만, 가게 된다면 하위권에 머물게 분명했다. 반면 완도수산고등학교는 장학생으로 들어갈 수 있었고(당시에는 그랬다) 상위권을 보장할 수 있었다. 게다가 무시할 수 없는 조건이 있었는데, 바로 완도수산고등학교가 그 당시 '청해진호'라는 실습선을 보유한 국내 유일의 '배를 가진 고등학교'였다는 점이다. 항해사가 되기에는 이만한 학교가 없었다.
결국 나는 항해사가 되겠다는 목표를 품고 이듬해 완도수산고등학교에 입학했다. 전공은 운항 시스템 코스로 국어, 영어, 수학, 과학 같은 일반적인 교육보다는 항해, 선박운용, 해사영어[2], 해사법규, 어업, 수산일반 등 항해사 육성에 맞춰진 교육을 더 많이 받을 수 있었다. 학교가 보유한 실습선 청해진호를 타고 학기마다 승선 실습을 나갔는데 제주, 부산, 중국 등을 직접 항해하며 항해사

2 국제해사기구가 채택한 해양에서의 소통을 위한 영어 기반의 언어.

의 자질을 키워나갈 수 있었다.

　원양어선에 대해 알게 된 것도 그 무렵이었다. 실습선의 항해사님이 원양어선을 탔던 분이라 우리에게 자주 경험담을 들려주셨는데, 10년 넘게 원양어선을 타는 동안 다친 적도 많고 궂은일도 해야 했다며 은근히 겁을 주곤 하셨다. 위험한 바다에 엄한 문화라…. 키도 작고 몸집도 왜소한 나한텐 역시 무리였다. '절대 원양어선은 타지 말아야지.' 그렇게 나는 안정적인 상선 항해사의 꿈을 키워나갔다.

원양어선을 타야겠다

원양어선은 절대 타지 않겠다고 선언했지만, 언젠가 배는 타고 싶었다. 다행히 원양어선이 아니더라도 승선할 수 있는 방법은 많았는데, 가장 흔하게는 항구와 항구를 항해하며 무역을 담당하는 상선에 승선하는 것이었다. 승선학과를 나왔기 때문에 마음만 먹으면 배를 탈 수 있었지만 아직 바다로 나갈 용기가 없던 나는 빠른 취업 대신 진학을 선택했고, 부산 부경대학교 해양생산시스템 관리학부(구 어업학과)에 입학했다.

그런데 입학하자마자 원양어선에 대해서 얼마나 알고 왔냐는 둥, 배를 탈 생각이 있냐는 둥 선배들의 질문 공세가 당연하다는 듯 쏟아졌다. 원양어선을 타지 않기 위해 도망치듯 입학한 곳이 실은 원양어선 항해사를 육성하는 곳이라니. 말하자면 나는 호랑

이굴에 제 발로 걸어 들어간 셈이었다.

대학에서의 학업과 선배들과 나눈 대화를 통해 원양어선에 대한 편견이 조금씩 바뀌고는 있었지만, 그래도 나는 여전히 원양어선이 두려웠다. 다행히 학과가 학부로 나뉘어 있어 해양경찰이나, 해양수산부 공무원 등 원양어선이 아니더라도 갈 수 있는 선택지가 많았다. 그러나 문제는, 고민할 시간이 많지 않다는 점이었다.

남자들은 대학교 1학년이 끝날 무렵 영장이 나오기 마련인데, 원양어선이나 상선에서 '승선근무 예비역'으로 3년간 승선하면 군 복무 의무를 마칠 수 있기 때문에 1, 2학년 때 진로를 결정해야 했다. 놀기 바쁜 새내기에겐 이래저래 가혹한 일이었지만, 목표였던 상선에 승선해 병역특례를 마치는 쪽으로 진로를 잡아가던 중이었다. 그러던 어느 날, 나를 원양어선으로 이끈 사건이 일어났다.

그 무렵 선배나 동기들을 만나면 항상 같은 질문을 받았다.

"너는 상선이니? 어선이니? 군대니?"

이 세 가지 선택지 사이에서 고뇌하고 있던 시기, 과방에서 동기들과 술자리를 벌이고 있는데 전화가 울렸다. 3학년 학회장 선배였다.

"어디야?"

"과방에서 동기들하고 술 먹고 있습니다."

"그래? 정문, 3분."

뚝-. 짧은 통화가 끝나기 무섭게 냅다 달리기 시작했다. 3분…. 이상한 문화지만 후배를 술자리에 부를 때 선배들이 많이 쓰던 방법이었다. 전화를 받으면 누구든 어디든 3분 안에 달려가야 했다. 길을 걷다가 3분의 부름을 받고 달려가는 친구들을 보며 웃곤 했는데 지금은 내가 그 길을 쎄빠지게 달려가는 중이었다.

숨을 헉헉대며 도착한 곳에는 3, 4학년 선배들이 있었다. 그리고 처음 보는 낯선 사람이 한 명 있었는데 선배들이 깍듯이 대하는 걸 보니 최고참 선배가 분명했다. 단박에 90도 인사를 했다.

"반갑습니다. 13학번 김현무입니다!"

결과부터 얘기하자면 그 선배와의 만남이 나를 원양어선으로 이끈 전환점이 되었다. 그 무렵 주변 사람들에게 자꾸 원양어선 이야기를 듣다 보니 어느새 마음 한편에 원양어선이 떠다니곤 했는데, 이제 막 승선을 마치고 내린 선배를 만났으니 쏟아낼 질문이 한둘이 아니었다.

그날, 선배를 통해 듣게 된 원양어선 이야기는 나를 완전히 매료시켰다. 거울처럼 잔잔한 태평양의 수평선 위로 떠오르는 눈부신 태양, 헬리콥터에서 바라보는 드넓은 바다와 그 위로 넘실대

태평양에서 바라본 석양

는 백파, 에메랄드빛 바다 한가운데 있는 작은 섬나라 이야기….
그동안 들었던 섬뜩한 이야기나 원양어선 후기에서 읽었던 내용
과는 완전히 결이 다른 선배의 말에 자꾸만 빠져들었다.

　나는 키가 작고 몸집도 작아 원양어선을 탈 수 있을지 늘 자신
이 없었다. 하지만 선배의 이야기를 듣고 있자니 나의 작은 신체
조건마저 극복할 수 있을 것 같은 가뿐한 마음이 일었다. 술이 몹
시 약한 내가 술을 먹어도 먹어도 취하지 않는 날이었다. 그날 광
안리 수변공원에서 나는 원양어선을 타기로 결심했다. 지금 와서
생각해 보니 나 그때 정말 많이 취했던 거 같다…. 이성과 감성 사
이에서 살짝 정신을 잃었던, 그래도 꽤 낭만적인 밤이었다.

원양어선에서의 첫날 밤

한적한 대학가의 아침 거리를 수업에 늦은 학생들이 분주한 발걸음으로 달리고 있었다. 여느 때 같았으면 아직 자고 있을 시간이었지만, 그날 나는 그들과 반대 방향으로 지하철을 타러 가고 있었다. 등에는 큼지막한 백팩을, 한 손으론 이민 가방을 질질 끌고서. 지금도 잊히지 않는 2017년 4월 5일, 원양어선을 타러 가는 첫날이었다.

천성이 프로 봇짐러인 나는 전날까지 배 안에서 사용할 물건들을 챙기느라 짐을 몇 번이나 싸고 다시 풀기를 반복했다. 승선일이 오늘일 뿐, 승선할 배가 한 달 이상 한국에 머물면서 수리받을 예정이었기 때문에 그동안 정박한 배에서 생활하며 하나씩 필요한 물건을 준비해도 되었다. 하지만 그땐 그 사실을 몰랐을 뿐 아니라 난생처음 타는 원양어선에서 무엇이 필요한지도 몰라 눈에 보이는 옷가지며 생필품들을 모조리 가방에 때려 넣었다. 덕분에 1년 치 양말과 속옷, 작업복, 세면도구로 가득한 가방을 이고 지느라 얼마나 고생했는지 모른다.

몸집의 몇 배는 되는 짐을 간신히 끌고 가는데 맞은편에서 걸어오는 커플 한 쌍이 보였다. 한창 좋은 때인지 두 손을 꼭 잡고 서로를 향해 꽁냥꽁냥한 미소를 짓고 있었다. 나도 그럴 때가 있었는데…. 실은 2년 동안 만난 여자친구와 바로 전날 이별을 한 참이었다.

"10년은 타야 할 거 같아."

이제 막 스무 살을 지나는 여자친구에게는 헤어지자는 말과 다르지 않았을 것이다. 동기들처럼 병역특례 기간인 3년만 배를 타겠다고 했으면 우리의 결말이 달랐을까? 그 누구도 쉽게 기다리겠다고 말할 수 없는 기간임을 알기에 예상했던 결과였다.

부산에 도착해 버스를 타고 여수로 향했다. 목적지인 여수해양 조선소가 있는 곳이었다. 원양어선은 2년에 한 번씩 정기적인 수리를 위해 한국에 입항한다. 긴 항해 동안 배에 쌓인 여독을 털어내며 대대적인 수리를 하는 것이다. 그 시기에 맞춰 어기漁期, 고기를 잡는 시기 교대도 이뤄지며 지금까지 탔던 사람들은 내리고 새로운

사람들이 배에 오른다. 그 집합소인 여수해양은 여수항 인근에
있는 작은 조선소로, 드라이 도크³가 있어 배를 육지로 끌어올려
수리할 수 있었다.

　남해 고속도로를 달리는 버스 창밖에 드디어 바다가 보이기
시작했다. 이제 곧 도착하겠구나. 기대 반 두려움 반으로 바다 위
배들을 바라봤다. 저 중에 내가 탈 배가 있을까 생각하니 묘하게
긴장되면서 심장이 두근거렸다. 대학을 졸업하고 첫 직장으로 출

3　Dry Dock. 큰 배를 만들거나 수리할 때 해안에 배가 출입할 수 있을 정도로 땅을 파서 만든 구조물.
　　여기에 배를 넣은 다음 입구의 문을 닫고 내부의 물을 뺀 다음 작업한다.

근하는 발걸음과 비슷하지 않을까. 다만 나는 피난길에 오른 사람처럼 짐이 많았고, 멀리 떠나야 했기 때문에 몸과 마음이 좀 더 무거웠을 것이다.

이른 아침부터 지하철, 시외버스, 택시를 갈아타며 장장 4시간에 걸쳐 드디어 내가 탈 배가 입항할 여수해양 조선소에 도착했다. 커다란 가방을 낑낑거리며 짊어지고 여수해양 조선소 앞 기다란 철문을 지키고 있는 경비 아저씨에게 다가가 오늘 승선하는 사람이라고 하니 안으로 들여보내 주었다.

안에선 안전모를 쓴 사람들이 먼지 가득한 작업복에 두꺼운 안전화를 신고 분주히 일하고 있었다. 내가 첫 번째로 도착한 신입이었고 다음으로 도착한 신입이 진우였다. 진우도 나처럼 대학교를 졸업하자마자 처음 배를 타러 온 처지라서 금방 친해질 수 있었다. 같은 배에 삼등항해사로서 둘 다 첫 승선을 하게 된 거다.

"이제부터는 좋든 싫든 함께하는 거야. 절대 중도하차 하지 말고 끝까지 잘 버텨 보자."

또래인 진우가 있다는 게 벌써부터 위로가 되었다. 같이 승선할 선원들이 한 명씩 도착할 때마다 어색한 인사가 이어졌다. 우리가 타기로 한 배는 나에겐 조금 더 특별했는데, 대학 시절 참치잡이 원양어선을 타기로 마음먹고 수도 없이 돌려본 CBS 다큐멘터리 <참치 전쟁>에 나온 사조 올림피아호였기 때문이다. <참치

원양어선 첫 승선을 앞둔
삼등항해사 현무, 진우

전쟁>은 태평양 원양어선 사조 올림피아호와 선원들의 선상 이
야기였다. 신기하게도 그때 방송에 나온 선장님과 기관장님, 갑판
장님, 조리장님 모두 10년 만에 다시 올림피아호에 승선하게 되
었는데 내가 그 팀의 일원이 되다니. 꿈 같은 일이었다.

　한 팀이 될 사람들과 인사를 주고받는데 저 멀리 태평양에서
2년간 조업을 마친 올림피아호가 입항을 준비하고 있었다. 서서
히 가까워진 배는 계류장에 임시 정박했다. 배 여기저기 핀 녹이
거친 풍파를 견디며 작업했을 바다에서의 2년을 대신 말해주고
있었다. 육지와 배를 연결한 사다리를 건너는데 가슴이 두근거리
기 시작했다. 이게 내가 탈 배구나! 내가 이 배를 타고 태평양으로

향한단 말이지? 높게 솟은 코파에서 고기 떼를 찾고 지금 이 갑판에서 참치를 잡아 올리겠지? 하역할 짐들이 복잡하게 널브러져 있는 갑판 한복판에서 잠시 행복한 상상을 했다.

이윽고 전임 삼등항해사에게 방을 안내받았다. 대각선 방향으로 놓인 이층 침대 두 개와 나란히 줄지어 선 네 개의 사물함, 그 사이에 난 비좁은 공간이 내가 1년 넘게 생활해야 하는 4인실이었다. 열악한 환경이었지만 싫지 않았다. 오히려 이제야 내가 진짜 올림피아호의 일원이 된 것 같아 묘한 기대감이 차올랐다.

전임자에게 인수인계를 받고 법무부에 승선 수속을 밟는 것으로 일과를 마무리하기로 했다. 그런데 법무부에서 수속을 마치고 배로 돌아오는 길에 선장님과 기관장님이 우리더러 배를 잘 지키라는 말을 남기고 다른 방향으로 사라지셨다. 선원들에게 으레 하시는 당부였을 테지만 이제 막 승선 10시간 차였던 우리는 당황하지 않을 수 없었다.

"응? 우리만 두고 가신다고?"

"초짜 삼등항해사 둘이서 도대체 무슨 수로 배를 지키란 걸까?"

그도 그럴 것이 기존 멤버인 외국인 선원들을 빼면 공교롭게도 배에는 아무것도 모르는 신입 둘뿐이었기 때문이다. 아직 남의 집 같은 큰 배로 우리끼리 돌아가자니 발걸음도 쭈뼛쭈뼛 눈치를 보는 것 같았다. 아…. 이런 게 원양어선의 삶인 건가. 아무것도 모르는 신입 둘을 두고 다 나가시다니. 혹여나 밤에 무슨 일이 일어나지는 않을까 괜한 걱정이 들기도 했다. 지금 생각해 보면 긴 항해 끝에 오랜만에 고국에 왔으니 술집이든 쇼핑이든 외출하는 게 당연한데, 배에 달랑 남은 초임 사관 둘은 거기까지 생각할 겨를이 없었다.

어둠이 내려앉은 조선소 한편에 정박된 낯선 배 안 비좁은 침대에 누워 하루를 돌아봤다. 매일 아침 등교하며 걸었던 대학가를 떠나 새로운 선상 생활의 시작을 알리는 첫날이었다. 아침에 느낀 막막함과 이별에 대한 상처는 더 이상 느껴지지 않았다. 불 꺼진 숙소에서 우리는 나직한 목소리로 서로를 불렀다.

"진우야, 앞으로 잘 해보자!"

"나도 잘 부탁해. 현무야."

다행히 우리의 새로운 시작은 외롭지 않았다. 그냥 조금 낯설고 서글플 뿐이었다.

어서 와! 원양어선은 처음이지?

"야! 삼항사!"

"네!!"

갑판장님의 부름에 삼항사 1, 2호는 달려갔다. 올림피아호에
는 삼항사만 두 명이었다. 아직은 선원 구성이 이뤄지지 않아 브
리지[4]에서 배의 운항을 담당하는 항해 파트가 선장님을 제외하
면 배에 처음 탄 나와 진우가 전부였다. 우리 둘이 1호, 2호인 것
이다.

"여기랑 여기 싹 깡깡이 해!"

"네!!"

처음 배를 타고 20일간은 깡깡 망치와 그라인더 그리고 페인

4　Bridge. 항해사가 배를 운전하는 공간으로 선교船橋, 조타실이라고도 한다.

트를 손에서 놓은 적이 없었다. 선령이 40년은 된 배라 깡깡 망치로 있는 힘껏 내리치면 배의 철판이 '으스스' 소리를 내며 부서졌다. 끝부분이 뾰족한 망치로 배를 내려칠 때마다 깡깡 소리를 내서 깡깡 망치일까. 망치로 갈색의 녹을 벗기고 도색을 새로 하는 것을 배에선 '깡깡이'라고 불렀다.

그라인더로 주변의 녹을 모조리 갈아내고 '사비'라고 부르는 프라이머[5]로 표면을 도장하는데 부식을 방지하려면 두 번 정도는 발라줘야 했다. 잘 마른 프라이머 위에 알맞은 색의 페인트를 덧칠해 주고 나면 조금씩 출항을 앞둔 원양어선의 외양이 갖춰졌다.

늘 연장을 쥐고 있으니 호칭은 항해사지만 갑판부 선원과 별반 다를 바가 없었다. 어느 날은 손에 힘을 주고 깡깡 망치로 화장실 바닥을 내리쳤는데 구멍이 나더니 아래층의 처리실 바닥이 훤히 보였다. 올림피아호의 나이가 너무 많아서 철판이 그만큼 얇아지고 여기저기 부식된 곳도 많았다. '빵꾸'가 보일 때마다 철판을 붙일 수 있도록 주변을 치우고는 갑판장님께 달려가 구멍을 발견했다고 보고하는 게 우리 일이었다. 그러면 담당 업체 직원이 새 철판을 알맞게 재단해서 용접을 하고, 나와 진우가 그 위에

---

5 Primer. 페인트, 시멘트 등을 바르기 전에 대상의 표면에 펴 바르는 도장재. 부식, 침수 등을 막는 역할을 한다.

사조 올림피아호의 낡은
외관을 수리하는 모습

색을 입혔다. 처음엔 '우리가 갑판부도 아닌데 항해사가 이런 일
까지 해야 해?' 싶었지만, 그렇게 20일간 갑판부 외국 선원들과
함께 일한 덕에 낯설었던 배 안 곳곳이 말만 들어도 선명하게 눈
에 들어오기 시작했다.

4월에 처음 승선하자마자 시작된 수리는 8월까지도 이어졌
다. 그 사이 사조 올림피아에서 타이나로 선명도 바뀌었다. 선박
은 재산세나 소득세 등 각종 세금이 부과되기 때문에 선주 입장
에서는 세금과 기타 여러 편의를 제공해 주는 나라에 현지 법인
을 설립하는 게 유리하다. 그 법인을 선주로 하여 선박의 국적을
옮기게 되는데 사조 올림피아호도 투발루의 푸나푸티로 선적船籍

을 옮기면서 개명한 것이다.

수리보다 선박의 국적을 변경하고 선명을 다시 받아오는 데 시간이 더 오래 걸렸다. 초짜 항해사가 배에 적응하기에는 좋은 시간이었지만, 육지에 머무는 시간이 길어질수록 하루빨리 출항해서 태평양 바다를 보고 싶은 마음이 커져만 갔다. 그리고 드디어, 수리를 끝낸 올림피아, 아니, 타이나호의 출항일이 다가왔다.

2017년 7월 31일, 기적 소리와 함께 타이나호가 부산 감천항을 출발했다. '타이나'는 투발루어로 친구라는 뜻이다. 멀어지는 감천항을 바라보며 이 배가 그 이름처럼 나의 좋은 친구가 되어주길 바랐다. 단장을 마친 타이나호는 일본 가고시마 남단을 지나 남동진하며 어장을 향해 나아갔다. 내가 타는 선망선의 경우 WCPFC 중서부 태평양 수산위원회 협약에 의해 중서부 태평양 지역을 조업지역으로 한다. 대략 북위 10도, 남위 10도, 동경 140도, 서경 150도까지 약 4,200마일(약 7,778킬로미터)이 조업할 수 있는 어장으로, 태평양이란 이름답게 어장도 매우 광범위하다.

부산을 출항한 후 약 10일 정도 항해하여 미크로네시아 폰페이에 입항하자 저 멀리서 헬리콥터 한 대가 소리를 내며 날아오더니 우리 배 위에 안착했다. 선망선의 꽃인 헬리콥터까지 선적했으니 이로써 조업을 위한 모든 준비가 갖춰지게 되었다.

그 후 3일을 꼬박 항해해 우리는 목적지에 닿았다. 바다에는 이정표가 따로 없지만, 주변 곳곳에 타이나호 같은 선망선들이 모여 있는 것만 봐도 어장에 도착했음을 알 수 있었다. 나의 일과는 박명시薄明時 30분 전에 시작했다. 박명시란 일출 전이라 태양이 수평선 아래에 있지만, 부분적으로 하늘을 비춰 주변이 밝아오기 시작하는 시간으로, 사용하는 시간대마다 다르지만 보통은 새벽 4시에서 6시 사이다. 오늘의 기상 시간은 5시 10분. 항해일지에 '0510'이라고 적고는 자다 일어나 쭈뼛쭈뼛 솟은 머리카락을 정리하고 브리지로 올라갔다. 박명시라고는 하지만 아직 주변은 어둑어둑했다.

어탐어군 탐지에 사용할 레이더의 전원을 켜고 밤사이 항해에 사용한 레이더는 잠시 꺼뒀다. 선망선에서는 버드 레이더와 마린 레이더, 두 대의 서로 다른 레이더를 이용해서 참치 어군을 찾는다. 마린 레이더로는 구름과 선박이 식별되고, 버드 레이더로는 구름, 선박, 바다 위를 활공하는 새가 식별된다. 새는 바다에서 고기떼의 위치를 알려 주는 아주 유용한 수단이기 때문에 삼등항해사의 가장 중요한 업무는 두 레이더를 보고 새떼가 모여 있는 곳을 찾는 것이다. 박명시부터 작업이 끝나는 일몰 시까지, 레이더 앞이 삼등항해사의 고정석인 셈이다.

어느덧 해가 수평선을 지나 꽤나 높게 올라왔다. 하늘은 맑고 수평선에 걸친 구름은 손을 뻗으면 잡힐 듯 낮아 보였다. 한국에

브리지에서
레이더를 보는 항해사

서는 하늘 높이 구름이 있지만 태평양 한가운데에서는 눈앞까지 낮게 내려앉은 구름을 볼 수 있다. 구름 낀 허공을 레이더로 들여다보며 나는 연신 레이더 안에 정사각형 마크를 찍어나갔다. 관찰된 새의 위치를 수동으로 표시하는 작업이다. 이를 통해 새의 규모, 움직임, 이동 속도를 짐작하고 분석하여 어군이 있을 만한 장소를 찾아야 했다. 유독 작고 이동이 빠른 새만 레이더에 찍힐 때가 있는데 우리는 그런 새를 '똥새'라고 부른다.

연신 똥새만 찍히는 레이더에 저 멀리 빨갛고 선명한 점 하나가 찍혔다. 20노티컬마일nm: Nautical Mile, 약 37킬로미터가 넘는 꽤 먼 거리였지만 이런 새가 있는 곳에는 분명 고기가 있을 거 같았다. 어군의 위치를 보고하려는 찰나 선장님이 한발 앞서 레이더실 문을 박차고 들어오시더니 새떼가 있는 곳으로 침로針路를 돌렸다. 배는 레이더에 찍힌 빨간 점을 향해 나아갔다. 그곳에 고기가 있을지는 미지수지만 선장님은 확신이라도 하신 듯 배를 움직였다. 점점 빨간 점이 가까워질수록 마크 한 개로 찍히던 새의 규모가 마크 3개를 줄줄이 붙여놔도 다 못 가둘 만큼 커졌다.

"선수船首 7마일, 새 100마리 활발하게 움직이고 새 밑으로 가쓰오 백파가 보입니다."

코파에서 견시 중이던 일등항해사도 연신 고기가 보인다는 방송을 내보냈다.

"스탠바이 해봐라."

선장님의 짧은 한마디가 떨어지자 곧장 마이크로 전 선원에게 알렸다.

"본선 스탠바이 합시다, 본선 스탠바이 합시다."

출항 13일 만에 떨어진 첫 조업 개시 신호였다.

"스키프 보트 스탠바이 됐습니다!"

"데크Deck, 갑판 스탠바이 됐습니다!"

선장님이 코파에 자리를 잡고, 이등기관사는 스키프 보트에, 갑판장은 갑판에 나와 투망을 위한 준비를 하며 마지막 점검을 마쳤다. 배의 운전실인 브리지에서도 각자의 역할이 있다. 먼저, 일등항해사가 키를 잡으며 선장님의 오더에 따라 배를 조선한다.

이등항해사는 중코파에서 선장님을 보조하며 망원경으로 어군을 찾거나, 헬리콥터를 타고 나가 주변 어군 상황을 계속해서 본선에 알려준다. 삼등항해사는 레이더를 보며 헬리콥터를 컨트롤하고 더 나은 새떼가 없는지 계속해서 어군을 탐지한다. 그리고 통신장은 소나Sonar라 불리는 수중음파 탐지기를 보며 먹잇감과 어군의 위치 및 거리를 선장님에게 알리면서 좀 더 정확한 투망이될 수 있게 돕는다.

새 소리가 귀에 선명하게 들릴 정도로 배는 어군에 가까이 왔다. 낮게 비행하는 새들 밑으로 참치가 한 마리 두 마리 물을 차며튀어 오르더니 순식간에 셀 수도 없이 많은 참치가 부상하기 시작했다. 푸른 바다에 새하얀 파도가 피어올랐다. 선원들이 백파라고 부르는 하얀 파도를 두 눈으로 영접하는 순간이었다. 부상과침강을 반복하는 참치 떼의 비린내가 바람을 타고 코를 강타했다. 승선 경력이 많은 통신장과 이등항해사가 비린내를 음미하더니 참치 양이 꽤 많을 거라고 말했다.

참치 떼가 먹이활동을 할 때는 백파가 하얗게 일어나며 위치가 보이지만, 먹이활동이 끝나면 바닷속으로 침강해 버린다. 참치떼가 있던 곳엔 거무스름한 잔파만 남는데 그마저도 이내 사라지기 때문에 한 시도 머뭇댈 수 없다.

"포트 파이브." (타각을 좌현 5도만큼 틀어라.)

"포트 파이브!" (타각을 좌현 5도만큼 완료!)

"스테디." (현 침로 유지.)

"스테디!" (현 침로 유지!)

선장님이 코파에서 오더를 내리면 브릿지에서는 복명복창을 하며 즉각적으로 명령을 이행한다. 통신장은 수중음파 탐지기로 수중 상황을 유추하며 선장님의 오더에 따라 어군 주변을 선회한다. 한번 투망하면 고기가 그물 안에 많든 적든 그물을 걷어 올릴 때까지 2~3시간 동안은 다시 투망을 할 수 없다. 때문에 매우 신중하게, 투망을 위한 최상의 타이밍을 기다려야 한다.

"알피엠 올리고!"

"알피엠 풀!"

참치 떼가 수차례 침강과 부상을 반복하는 사이 배의 선속을 최고로 올리라는 선장님의 마이크 소리가 배에 울려 퍼졌다. 육중한 철선이 바닷물을 가르며 선속을 높이자 선장님의 목소리에도 미세한 떨림이 느껴졌다.

"스키프 스탠바이! 렛 고!!!"

드디어 투망 명령이 떨어지자 '텅!' 하는 둔탁한 소리와 함께 본선에 업히듯 매달려 있던 스키프 보트가 2,500미터에 달하는 그물 끝자락을 잡고 바다 위로 미끄러지듯 내려갔다. 이제는 무슨 일이 있어도 되돌릴 수 없다.

"미드 쉽Mid Ship!" (타각을 중앙으로!)

"미드 쉽!" (타각을 중앙으로 완료!)

본선이 스키프 보트를 시작점으로 바다 위에 커다란 원을 그려 나갔다. 본선에 쌓여 있던 그물이 스키프 보트를 따라 빠르게 바다로 빨려 들어가면서 참치 떼 주변으로 큰 원을 그리는 포획 작전이 시작된 거다. 본선이 다시금 스키프 보트를 만날 때는 둘레가 3킬로미터가 넘는 큰 원이 완성된다. 그 안에서 그물에 부딪혀 당황한 참치들이 백파를 일으키며 빠르게 움직이기 시작했다.

참치의 유일한 탈출구는 아직 다 조여지지 않은 본선의 밑바닥이다. 네트 보트Net Boat, 그물 작업선가 이를 보완하기 위해 빠르게 바다로 내려가 본선 주위에 큰 원을 그리며 물살을 가르기 시작했다. 참치를 본선 쪽으로 오지 못하게 하는 '호버링'이라는 구집驅集 방법이다.

보조선들이 맹활약을 펼치는 사이 본선에서 선원들의 각개전투가 펼쳐진다. 손에 오함마를 들고 뱃전을 통통 두드리면서 소음을 일으키는가 하면 소금과 약재를 넣은 작은 주머니를 바다로 투척해 물고기들의 접근을 막았다. 주머니가 물에 닿으면 화학작용으로 바닷물이 초록색으로 물드는데, 근처로 물고기들이 오지 못하게 하는 효과가 있다.

그물 밑자락을 조이는 퍼싱[6] 작업이 끝날 때까지, 선장님은 소리를 질러가며 선원들을 진두지휘했다. 지금은 금지됐지만 몇 년 전까지는 '붐바'라고 부르는 소형 다이너마이트도 사용했다고 하니, 뱃사람들이 투망에 얼마나 진심인지를 알 수 있다.

"양망!"

선장님의 마이크 소리가 선내에 울려 퍼지자 선원들이 양망揚網 작업을 하러 갑판에 모였다. 포획을 위해 바다로 내렸던 2,500미터 그물을 다시 거둬들여 정리하는 일이다. 원형의 거대한 파워블록으로 딸려 올라간 그물이 블록을 돌아 다시 내려오면 갑판에서 대기 중인 선원들이 각자의 파트대로 그물을 나눠 잡는다. 그

6 Pursing. '퍼싱'은 감는다는 뜻으로, 선망선을 뜻하는 퍼세이너(Purse Seiner)도 여기서 유래했다.

초록 염료로 물든 바다. 참치가 본선 밑바닥으로 도망가지 못하게 쫓는 역할을 한다

물과, 그물을 물 위에 띄워주는 노란 코르크, 그물을 가라앉히는 역할을 하는 체인을 각 구역에 나눠 사리는 작업이다.

처음 양망 작업을 했던 나는 체인과 그물을 이어주는 살[7]을 잡았는데, 내려오는 그물 속도에 뒤처지지 않기 위해 손을 빠르게 움직이느라 몹시 힘이 들었다. 그렇게 1시간 같은 10분이 흘렀을 때 옆에서 그물을 잡느라 쓰러지기 일보 직전인 진우와 눈이 마주쳤다. 이제 막 스무 살을 지난 팔팔한 청춘이건만 배 위에는 우리 같은 저질 체력이 없었다.

---

7 그물에서 그물 파트와 체인 파트를 연결해 주는 부분. 같은 그물이지만 임시로 나눈 부분이기 때문에 명확한 경계가 없어 처음엔 어디를 잡아야 할지 몰라 당황할 때가 많다. 체인 쪽과 그물 쪽을 연결하는 것을 체인살, 코르크 쪽과 그물 쪽을 연결하는 것을 코르크살이라고 부른다.

우리는 힐끔힐끔 경력직 선원들을 쳐다봤다. 이렇게 고된 노동 강도에도 아무렇지 않게 그물을 잡는 저들은 대체 뭘까. 시커멓게 탄 피부에 생활 근육으로 다져진 몸, 능숙하게 그물을 잡는 자세에서 범접할 수 없는 포스가 느껴졌다. 나는 언제쯤 저런 체력을 가질 수 있을까. 막막한 마음으로 바다를 바라봤다. 아직 거두지 못한 코르크가 바다 위에 무수히 박힌 노란 점선 같았다.

"야 삼! 뭐 해? 빨리 당겨!"

외국인 선원이 미간에 주름을 잡으며 군기를 잡았다. '삼'은 삼등항해사를 낮춰 부르는 말이다. 경력이 앞서는 외국 선원의 경우 처음 승선하는 삼등항해사를 얕보는 경향이 있는데, 그러다 한번 혼쭐(?)이 나거나 삼항사가 어느 정도 일을 익히게 되면 누가 시키지 않아도 어느새 호칭이 '삼항사님'으로 바뀌게 되니 너무 열 받을 필요는 없다.

심호흡 한번 하고 다시 진우와 그물을 쌓아갔다. 헥헥, 금방 숨이 찼다. 양망 작업은 절반이 채 끝나지 않았지만 온몸에 힘이 빠져나가는 느낌이었다. 그때부턴 오히려 편했다. 몸에 힘이 없으니 힘을 굳이 안 써도 될 때는 힘을 안 쓰고 체력을 아꼈다. 애초에 힘이 아닌 요령으로 해야 하는 일이었다. 알고 보니 다른 선원들 역시 힘과 체력이 좋아서라기보다는 요령으로 힘들이지 않고 척척 작업을 해내는 것이었다.

정신없이 양망 작업을 마치고 그 자리에서 물을 1리터 넘게 마셨다. 그래도 갈증은 해소되지 않았고 집 나간 체력은 돌아올 기미가 없었다. 눈이 핑 돌 만큼 힘든데 갑판은 여전히 분주했다. 뭘 더 해야 하는 건가? 왜들 저렇게 부산하지? 그때 어딘가에서 가다랑어 150톤을 잡았다는 소리가 들려왔다. 오늘 잡은 어획량을 확인하는 작업이었나 보다. 그제야 선원들 얼굴에 만족의 웃음이 퍼졌다. 하루의 피로가 씻기는 기분 좋은 성적표였다.

모든 작업을 마치고 나니 비로소 밤하늘에 수놓인 별들에 눈길이 닿았다. 도시에선 볼 수 없는 아름다운 장면을 보면서도 마음이 복잡했다. 잊을 수 없는 원양어선에서의 첫 고기잡이. 이걸 1년 동안 할 수 있을까? 생각이 많아지는 밤이었다.

칼날을 피하는 방법

꽁꽁 얼어붙은 브리지 위를 나는 발소리도 내지 않고 걸어갔다.
후-. 후-. 선장님이 뿜어낸 담배 연기가 한숨과 함께 브리지 천장
에 닿았다. 담배 연기는 남자의 한숨이라 했던가. 하얀 연기는 이
내 사라졌지만 선장님의 한숨은 허공에 남아 주변 공기를 무겁게
내리눌렀다.

　우리는 3일째 투망을 하지 못하고 있었다. 원양어선의 공기는
선장님의 기분에 좌우된다. 고기잡이가 순조로우면 선장님은 한
없이 너그럽다가도 어획량이 시원치 않으면 잘 벼른 칼날같이 날
카로워지셨다. 그러면 모든 선원이 긴장하기 마련이지만, 특히 항
해 파트는 브리지에서 선장님과 함께 레이더를 보며 모든 일과를
함께하기에 그 영향이 클 수밖에 없다. 선장님의 기분에 따라 그

날의 생사가 좌우된다는 말은 절대 과장이 아니다. 고로 나는 오늘 이 브리지 위에서 외줄 타기를 하듯 버텨야 했다. 언제 저 칼날이 날아와 나의 외줄을 끊어 버릴지 알 수 없었다.

바로 어제 있었던 일이다. 자동차에 주유를 하듯 원양어선도 정기적으로 기름배[8]를 만나 기름을 수급한다. 기름을 넣는 동안 선장님은 기름배 선장님을 초대해 거하게 한 상 차려 식사를 대접하셨다. 술잔이 오가다 보니 기름 수급을 마쳤을 때는 두 분 모두 많이 취해 계셨다. 나는 기름배 선장님을 모셔다드리고 돌아와 선장님이 전자해도에 찍어준 위치[9]를 보며 배를 몰았다. 그리고 교대 후 방으로 돌아와 잠이 들었는데, 아침에 일어나서 브리지에 올라가자 선장님이 노발대발 화를 내셨다.

"9호가 투망했네…. 젠장, 배 틀어라!"

"네?"

도대체 무슨 상황인지 영문을 알 수 없던 나는 너무 당황한 나머지 선장님의 명령에 토끼 눈만 뜨고 있었다.

"9호 위치로 틀라고!!!"

---

8 원양어선에 기름을 공급하기 위해 연료유를 실어 나르는 배.
9 어선의 목적지는 고기가 있는 곳이다. 고기가 나타날 만한 곳을 찾아 선장님이 임의의 목적지를 전자해도에 표시해 두면 항해사들이 그걸 보고 항해한다.

"아, 네!!"

"야이 씨#@&#&*%··· 9호가 투망한 걸 왜 말을 안 해서는···."

태평양 가다랑어 선망선의 목적지는 단연 참치가 있는 곳이다. 상선이나 여객선 같은 배들은 고정된 목적지가 있는 반면 우리는 하루에도 수십 번씩 목적지를 바꿔가며 오로지 태평양 바다 위를 헤엄치고 있을 참치를 찾아 항해한다. 때문에 다른 선망선이 투망을 한다는 건 목적지를 알려주는 중요한 신호다. 참치의 특성상 플랑크톤, 수온, 조류 등 다양한 여건이 맞으면 하나의 어군만 있는 게 아니라 여러 어군이 동시다발적으로 모이기 때문에, 타선의 조업 상황은 원양어선에 있어 매우 중요한 정보가 되는 것이다. 하루 4번씩 선단의 배들이 서로 방송을 하며 각자의 위치, 자선의 조업 환경 등 주변 상황과 투망 여부를 알려오는 것도 그런 이유다.

상황인즉, 전날 선장님이 기름배 선장님과 식사하실 때 다른 배에서 투망을 했고, 이를 선단에 알렸다. 그런데 방송을 담당하는 통신장님이 그 사실을 알리지 않은 바람에 황금 같은 기회를 놓친 모양이었다. 밤새 9호 배가 투망한 위치를 따라갔다면 지금쯤 우리 배도 투망을 하고 조업을 할 수 있었을 텐데, 하필 반대 방향으로 운항하느라 거리가 너무 멀어져 버린 것이다.

그렇게 시간이 금인 원양어선에서의 허망한 하루가 흘러갔다.

선장님은 더 이상 그 일을 입에 올리지 않으셨지만 브리지의 공기는 고기를 얼리는 어창보다도 싸늘했다. 항해사들과 통신장님이 제대로 보고하지 못한 것은 분명한 잘못이기에 나는 바짝 긴장한 채 레이더만 보고 있었다. 그때, 나지막한 선장님의 목소리가 귓가에 꽂혔다.

"새가?"

언제부터 내 뒤에 계셨던 걸까. 레이더 여기저기 찍힌 마크들 사이로 점 하나가 작게 찍힌 걸 보고 하시는 소리였다.

"네, 새…새새섀입니다."

"새가 찍히는데 왜 말도 안 하고 마크도 안 찍노?"

비수같이 날아든 칼날이 나의 외줄을 스치면서 지나갔다.

"바바…방금 찍혔습니다."

"……. 헬기 한번 띄워 봐라."

"헬리콥터 스탠바이! 헬리콥터 스탠바이!"

나는 브리지에 걸어둔 바람막이를 챙겨입고 헐레벌떡 헬기에 올랐다. 평소보다 비장하게 헬기 어탐을 시작했지만 2시간에 걸친 비행에도 고기를 찾지 못했다. 선장님은 오늘 해야 할 일을 하지 못했다는 사실에 내내 신경이 날카로웠고, 하필 그 희생양은 삼등항해사인 나였다.

"니가 봐야 한다, 니가! 니가 배를 이끌어 가야지 언제까지 하

헬기에서

나하나 다 시켜야 하노? 내가 시켜서 하면 내가 잘한 거고 내가
시키기 전에 알아서 하면 니가 잘한 거다."

　선장님이 늘 하시던 소리다.

　"죄송합니다…."

　우리 배는 그나마 양반이었지만 배에서 삼등항해사는 존재 자
체가 잘못일 때가 있다. 이등항해사와 일등항해사의 등쌀에 이리
치이고 저리 치이다 선장님의 꾸중에 구겨지고 뭉개지는 존재랄
까. 잘못 걸리는 날엔 꾸중에서 끝나지 않고 지난날의 실수까지
죄다 소환당하니, 갈굼의 쓰나미에 정신이 혼미해질 정도다. 욕을
바가지로 먹고 하루를 마무리할 땐 가슴 속에 커다란 싱크홀 같
은 구멍이 뚫려 있곤 했다.

　일과를 마친 뒤 침대에 누워 50센티미터도 채 되지 않는 천장

을 마주하며 생각했다.

'꼰대들이 하는 말이니 일일이 상처받지 말자…. 시간이 지나면 내성이 생기겠지.'

비수 같은 말들이 상처가 돼 방어기제가 작동하다가도 한편으로는 자기 객관화가 필요했다. 내가 놓치는 부분이 많은 건 인정할 수밖에 없는 사실이고, 부족한 걸 보충하지 않으면 나는 성장할 수 없을 테니까.

결론이 났다. 당장 하선할 게 아니라면 나는 실력을 쌓아야 했다. 원양어선을 타면서 욕을 안 먹을 생각을 하다니 애초에 불가능한 일이었다. 육지에서도 무슨 일을 하건 책임이 따르는 법인데, 하물며 망망대해에 고립된 소수정예의 인원이 탄 배에서 각자에게 부여된 역할과 책임은 더 막중한 법이다. 대체인력을 구할 수 없는 이곳에서 온전히 자기 몫을 해내지 못하는 사람은 아무 쓸모가 없다. 나의 자존감을 갉아먹는 그 욕을 다음에는 듣지 않도록 내 능력을 키우는 게 지금 내가 해야 할 일이었다.

빌런이나 꼰대는 어느 조직에나 있는 법이다. 그들의 눈에서 벗어나는 방법은 하나다. 실수를 빨리 고치면 된다. 트집 잡힐 일을 만들지 않고 완벽하게 일을 해내는 거. 그게 내가 터득한 칼날을 피하는 방법이다.

세월이 흘러 지금은 날아오는 칼날을 받아칠 만큼의 실력을 쌓았다. 그렇게 되기까지 매일이 실전이었다. 새벽 4시면 어김없이 일어나 머리를 감고 브리지에 올랐다. 부스스한 꼴로 직장에 출근하는 건 기본이 안 된 거라고 생각했기 때문이다. 갑판에서는 손이 부르트다 못해 피부가 벗겨질 정도로 일했다. 새살이 돋기 전에 다시 벗겨지기를 반복하다 보니 손이 너무 예민해져서 나중엔 따뜻한 국그릇 하나 제대로 못 만질 지경이었다. 새를 스캔할 때는 브리지 스캐너가 돌아가는 움직임까지 예의 주시했고, 동료와 상사가 일하는 모습을 꼼꼼히 체크하며 하나씩 미숙한 점을 고쳐나갔다. 덕분에 이제는 선장님이 시키기 전에 미리 준비하는 센스와 일머리도 장착했다.

실수는 누구나 한다. 문제는 그 실수를 반복하는 것이다. 그러니 욕을 들어먹는 상황에서 내가 취할 것은 저들의 업무 스킬과 일머리이지 한가로운 꼰대 타령, 자기합리화가 아니다. 작은 트집도 잡히기 싫었던 나는 혹독하게 나를 몰아세웠고 그렇게 조금씩 성장할 수 있었다. 무슨 일만 생기면 쪼르르 상사에게 달려갔던 삼등항해사가 이제는 어느덧 노련한 일등항해사가 되었으니 감개무량하다. 가만, 그런데 그 많던 빌런은 다 어디로 갔을까? 그렇게 오늘도 꼰대가 탄생한다.

앞그물을 사수하라

"야, 삼! 똑바로 해라."

외국인 선원 로얀은 '삼항사'도 귀찮은지 나를 '삼'이라고 불렀다.

"그물 똑바로 잡아라! 매니 매니 다릭[10] 하지 말고(많이 당기지 말고)!"

"유가 스라기[11] 하라니까(니가 그물을 좀 놓아 주라니까)?"

양망 칸에서의 노동은 사방으로 튀는 물방울이 고기 핏물인지 바닷물인지 구별이 안 될 정도로 늘 전쟁 같았다. 그물을 거둬들

---

10 Tarik. 인도네시아어로 '끌어당기다'라는 뜻.
11 스라기. 노동 현장에서 '내리다'라는 뜻으로 쓰는 일본어의 잔재로 추정. 선박에선 '감았던 걸 풀어주다'라는 뜻으로 사용한다.

이는 일은 원양어선의 하이라이트라 할 만큼 중요한 작업이지만 노동의 강도가 엄청나서 선원들의 언어가 거친 편이다. 양망 작업에는 외국인 선원이 많이 투입되는데 그들이라고 예외는 아니라서, 신입에게 부리는 텃세가 한국인 못지않다. 어리숙한 발음이지만 숙련된 동작으로 지시를 내릴 때면 무시 못 할 선배의 위엄이 느껴졌다. 그 틈에서 나와 진우는 잔뜩 움츠린 새우 꼴을 하고 주위를 둘러봤다. 젠장, 배를 처음 탄 우리를 제외하고는 모두 외국인 선원이었다. 이 정글 속에서 우리는 살아남아야 했다.

우리끼리는 원양어선 일을 '포디4D 업종'이라 부른다. 소위 말하는 힘들고Difficult, 더럽고Dirty, 위험한Dangerous 업종이면서 굉장히 멀기Distant까지 하기 때문이다. 가족을 비롯한 삶의 모든 기반이 있는 한국에서 멀리 떠나와야 하니 한국인 중에서는 이 일을 하려는 사람이 매우 적다. 한때는 이 양망 칸의 일반 선원들까지 모두 한국 사람일 때가 있었다지만, 점점 높아지는 임금, 줄어드는 지원에 값싼 노동력을 찾아 베트남, 필리핀, 인도네시아, 가나 등 다양한 국적의 외국인 선원들로 대체된 지 오래다. 어느덧 갑판에는 배를 처음 타는 나와 진우, 그리고 갑판장님을 제외하고는 모두 외국인 선원들이었다.

외국인 선원들 중에서도 일 좀 한다는 이들은 처음 승선하는 한국 사관을 깔보는 경향이 있는데, 로얀이 유독 그랬다. 외국인

양망 중인 선원들이 일렬로 서서 그물을 정리하고 있다

선원 중에는 선망선 경력이 선장님보다 오래된 베테랑들이 꽤 있
다. 식당에서 설거지하는 '싸롱[12]'으로 시작해 달에 200불씩 받아
가며 버틴 끝에 어느덧 한국말도 잘하고 읽기와 쓰기까지 가능해
진 노장들이다. 그중에서도 30년 넘게 배를 탄 로얀은 갑판에서는
서열이 꽤 높았다. 툭하면 "야, 삼!"이라고 불러대며 손가락으로 이
것저것 가리키고 지시하는 게 꼴사나웠지만, 선상에서는 경력만
한 계급장도 없었다. 하필 선장님마저 다른 배와 교신하면서 "우
리 삼항사들은 3개월이나 지났는데 아직도 뒷그물을 잡는다"면서

---

12 Salon. 응접실을 뜻하는 '살론'이 선박에서 '응접하는 사람'이라는 뜻으로 넓게 쓰이면서 설거지,
    심부름 등 식당에서 잡일 하는 사람을 일컫는 용어로 정착했다.

대놓고 흉(?)을 보셨던 터라 우리는 잔뜩 주눅이 들어 있었다.

그런 까닭에 진우와 나는 자주 대책 회의를 열었다. 비록 푸념과 신세 한탄, 뒷담화로 이어지는 수다 타임에 가까웠지만, 우리가 나아가야 할 방향과 부족한 점을 서로 이야기해 주자는 발전적인 취지로 시작한 담화랄까?

"비록 여기선 한국인이 너랑 나 둘뿐이지만 외국인 선원들에게 갑판을 내줄 수는 없어. 우리의 목표는 양망 칸 접수, 오케이?"

그러려면 일단 뒷그물 신세부터 면해야 했다. 양망 작업은 그물 잡는 위치가 중요한데, 갑판 위의 선원이 일렬로 서서 위에서 내려오는 그물을 코르크 파트와 그물 체인 파트로 나눠 잡고 분리하는 작업을 한다. 그물의 위치에 따라 1번부터 5번까지 순서를 매겼을 때 앞쪽인 1번과 2번 위치에서 그물을 잡는 사람이 양망 칸을 진두지휘하게 되는데 이를 '앞그물을 잡는다'라고 한다. 그중에서도 1번 그물은 갑판장 밑에서 일하는 일등갑판원이 잡으며 이를 '헷또[13]'라고 부른다. 헷또는 양망이 원활하도록 콘솔[14]과 소통하는 역할까지 하기 때문에 그 막중한 리더의 자리를 우리가 꿰차자는 것이었다.

그날부터 우리는 매번 투망이 끝날 때마다 서로 작업을 복기

---

13   헤드Head의 일본어 발음 '헷도'의 한국식 된소리. 선박에서 일등갑판원을 헷또라고 부른다.
14   Consol. 일등항해사가 선박의 작업에 필요한 기기를 작동시키는 레버가 한데 모여 있는 곳.

하고 잘못된 부분을 알려 주었다. 야간 항해 당직 때는 갑판부 당직 선원에게 상황마다 어떻게 대처해야 하는지를 물었고, 나이는 같지만 배를 먼저 탄 이등항해사 상훈에게도 후배로서 자주 조언을 구했다. 말하자면 원양어선 스터디를 한 셈이다. 심지어 외국인 빌런 로얀에게도 모르는 걸 물어보았는데 로얀은 한껏 잘난 체를 하면서도 자신이 알고 있는 것들을 술술 알려 주는 자상한 면이 있었다. 그물 칸은 5명이 함께 그물을 잡아야 하기에 무엇보다 협동과 분배가 중요하다. 어느 한 명만 특출하다고 해서 되는 일이 아니기에 조금 더 수월하게 일하기 위해 5명이 같이 모여서 그물 잡는 방법을 논의하기도 했다.

그렇게 우리는 낮밤 없이 배우고 익혔다. 물론 배운다고 바로바로 일이 손에 익지는 않았다.

"걸리적거리지 말고 저리 가라~"

당연히 핀잔을 듣기도 일쑤였다. 갑판에서는 속도가 생명이다. 참치를 신선한 상태로 어창에 넣으려면 일 처리가 빨라야 하기에 갑판에서 하나씩 알려 주고 고쳐주고 할 시간이 없다. 못 하는 사람은 뒤로 밀려나고 잘하는 사람이 대신 자리를 꿰차는 것이 이곳의 생태계인 것이다. 하지만 밀려났다고 우물쭈물하고 있으면 죽도 밥도 안 된다. 우리는 갑판장님 눈 밖에 나서 수없이 자

외국인 꼰대
로얀과 함께

리에서 쫓겨나면서도 이때다 싶으면 기회를 놓치지 않고 다시 선
원들 틈을 파고들었다. 그렇게 얼마나 시간이 흘렀을까.

"삼항사들, 이제 쫌 하네?"

갑판장님이 무심히 던진 그 말이 어떤 칭찬보다 기쁘게 들렸
다. 그리고 마침내 승선 6개월이 채 안 돼 진우와 나는 양망 칸 1
번, 2번을 꿰차며 앞그물을 정복할 수 있었다. 그제야 외국 선원
들에게 지시하면 바로바로 행동할 정도로 갑판 위 질서가 잡혀갔
다. 그 증표로 로얀 같은 외국인 고인물들이 우리를 부르는 호칭
이 "야! 삼!"에서 "삼항사님~"으로 바뀌었다. 나이는 어리지만 전
문 지식을 익힌 항해사로 인정한다는 신호였다.

어디든 그렇겠지만 배에서는 오로지 실력으로 자신의 쓸모를 증명해야 한다. 더구나 햇병아리 신세라면 무조건 몸을 낮추고 배우는 수밖에 없다. 외국인 선원이라고 얕잡아 봐서도 안 되고 말이 통하지 않으면 손짓 몸짓을 총동원해 소통해야 한다. 원양 어선에서 만난 외국인 동료들은 지금도 내겐 대학교수님들만큼 큰 스승이다.

원양어선의 바비큐 클래스

"꾸엑~! 꾸에에~~~엑!"

글자 그대로 '돼지 멱 따는 소리'가 사방에 울려 퍼졌다. 갑판을 타고 내려간 핏물이 주변 바다를 붉게 물들였다. 세상에, 도살이라니. 상상을 초월하는 원양어선의 바비큐 클래스에 혀를 내두르며 숨이 끊어져 가는 돼지를 먼발치에서 바라만 보았다.

원양어선 승선 후 첫 번째 만선을 경험한 어느 날이었다. 선망선은 참치 어획량이 약 1,000톤 정도에 다다르면 가까운 연안국에 입항해 그동안 잡은 참치를 운반선에 넘겨주는 하역 작업을 하는데, 선원들은 이를 전재라고 부른다.

만선을 한 타이나호의 첫 번째 입항지는 세계에서 해가 가장 먼저 뜬다는 키리바시의 수도 타라와였다. 세계에서 가장 먼저 해가 뜨다니, 그 기준은 누가 정했을까?

우리가 사는 지구는 영국의 그리니치 천문대를 기준으로 동쪽으로 동경 180도, 서쪽으로 서경 180도로 나뉜다. 총 360도이며 하루가 24시간이기 때문에 360을 24로 나눈 경위 15도마다 시간이 바뀌게 되는 것이다. 동경과 서경이 만나는 180도 선은 날짜 변경선으로 이 선을 지나가면 날짜가 변경된다. 키리바시 타라와의 위치는 동경 173도로, 날짜 변경선과 가장 가까이 위치해서 키리바시가 공식적으로 해가 가장 먼저 뜨는 나라가 된 것이다.

첫 만선의 설렘과 누구나 쉽사리 올 수 없는 나라에 왔다는 자부심에 기분이 좋았다. 선박은 연안국에 입항할 때 회사에 요청사항을 보낸다. 조업 작업 시 필요한 야자잎[15]이나, 채소 등 필요한 물품을 조달하는 것이다. 이날 우리 배의 요청사항은 돼지였다.

수신 : 수산팀
발신 : TAINA

1. KIRIBATI - TARAWA ETA : 키리바시 타라와 도착 예정 시각
   8/28 0900(LMT) 8/28 오전 9시

2. ASSORT 어획물 분류

SJ(A) - 870T 가다랑어 – 870톤

YF(A) - 130T 황다랑어 – 130톤

TTL - 1,000T 토탈 – 1,000톤

3. 요청사항

\- 가불금 $500 AUD

\- 돼지

이상

그렇게 입항을 마무리하고 해가 가장 먼저 뜨는 나라에서 인생 첫 하역을 경험했다. '인생 첫 하역'. 그것은 듣던 대로 최악이었다. 대학 시절 선배들이 말한 '배를 그만 타는 이유' 중 하나가 바로 하역이라더니, 단번에 그 이유를 알 수 있었다.

말이 1,000톤이지 4킬로그램짜리 가다랑어 25만 마리를 사람 손으로 일일이 던져야 하는 작업이다. 처음 들어간 어창은 꽉 들어찬 참치로 인해 허리를 펼 공간도 없었는데, 그나마 고기를 조금 걷어내고 허리라도 펼라치면 주변에서 날아오는 따가운 눈총에

---

15 빠야오Payao라는 인공유목에 부착하는 용도다. 원주민뿐 아니라 원양어선에서도 널리 쓰이는 조업방식인 빠야오는 주변 섬나라에서 흘러나온 나무에 고기가 많이 붙어 있는 걸 보고 합성섬유나 폐어구를 활용해 만든 인공 부유물이다. 고기가 좀 더 많이 모이게 하기 위해 야자잎을 조달해 붙인다.

다시 허리를 숙여 작업을 이어가야 했다. 그렇게 구부정한 허리로 25만 마리의 고기를 던져야 하는데 20명의 선원이 아침 7시부터 밤 10시까지 3, 4일을 꼬박 매달려야 하역을 마칠 수 있었다.

3일 차 하역을 마치고 갑판에 나와 모처럼 시원한 바람을 쐬고 있던 그때, 어딘가에서 괴상한 소리가 들려왔다.

"꿀. 꿀꿀꿀."

그것은 갑판 위에서 들을 거라고는 상상하지 못한 소리였다. 그물에 가려 잘 보이진 않았지만 검고 통통한 생명체가 그물칸 근처에서 부스럭대고 있었다. 토실토실한 엉덩이를 좌우로 흔들며 먹을 게 없나 주변을 두리번거리는 돼지 한 마리. 녀석의 한쪽 발에는 배에서 사용하는 로프가 묶여 있었다. 배 위에 웬 돼지인가 했는데 지난번 요청사항에 적었던 바로 그 돼지란다. 돼지고기가 아닌 살아 있는 돼지였다니…. 배 생활이 이렇게나 야생과 가까울 줄은 상상도 못했다.

다음 날 오전, 하역이 끝나자 베트남 선원이 잘 벼린 칼을 들고나오더니 돼지를 갑판 한쪽으로 끌고 갔다. 곧이어 벌어질 일을 저만 모르는 표정으로 순순히 끌려가는 돼지가 안쓰러웠다. 베트남 선원이 돼지의 머리에 커다란 자루를 씌우더니 앞을 보지 못하는 녀석의 목 깊숙이 날카로운 칼날을 박아 넣었다.

돼지를 잡은
베트남 선원이
해맑게 웃고 있다

"꾸엑~~! 꾸에에엑~~!!!"

돼지 멱 따는 소리가 사방에 울리자 몇몇 선원이 귀를 막았
다. 칼을 빼내자 동맥을 정확히 찔렀는지 피가 솟구쳐 나왔다. 피
로 흥건해진 갑판 위에서 자루를 뒤집어쓴 채 죽어가는 돼지라
니. 다행히 귀를 찢을 것 같던 울음은 금세 사그라들고, 버둥거리
던 두 다리도 어느새 경련을 멈췄다. 그다음부터는 일사천리. 죽
은 돼지 주변으로 베트남 선원들이 달라붙더니 능숙한 손놀림으
로 부위별 해체를 시작했다. 불과 얼마 전까지 살아서 꿀꿀거리
던 흑돼지는 이제 새하얀 속살을 드러낸 채 정육점에서 흔히 보
던 모습으로 환골탈태하고 있었다.

갑판 위에서 벌어진 바비큐 파티

곧이어 벌어진 바비큐 파티. 수백 마리의 가다랑어가 오가던 비린내 가득한 갑판에 갑바[16]가 깔리고 불이 피워졌다. 첫 항차를 기념하는 바비큐 파티였다. 바비큐 파티를 위해 살아 있는 돼지를 배 위에서 잡는 건 우리뿐일 것이다. 붉게 타는 숯불 위로 방금 잡은 돼지고기가 올라가고, 선원들 손에는 어느새 잘 익은 돼지갈비가 하나씩 들려 있었다. 다 같이 첫 항차의 노고를 푸는 건배를 하며 다음 항차의 안조대어[17]를 빌었다.

---

16 자재가 비를 맞는 걸 막기 위해 씌우는 천막. 투우사의 붉은 망토나 덮개를 뜻하는 포르투갈어 카파Capa를 일본식으로 발음한 것으로 보인다.
17 安操大漁. '안전조업 대어만선'의 줄임말.

처음 들어 본 나라, 처음 해보는 하역, 처음 먹어본 야생(?)의 바비큐…. 이게 진정한 날것의 원양어선이구나, 싶었다.

그날 이후로도 연안국에 입항하면 종종 돼지를 시켰지만 전부 깔끔하게 손질된 '돼지고기'였다. 단 한 번도 살아 있는 날것의 돼지가 오지 않았다. 왜 그날은 살아 있는 돼지가 온 건지 지금도 풀리지 않은 선상 미스터리다.

돼지 찾아 삼만리

여러 원양어선 선사가 있지만, 통조림용 참치를 잡는 국내 선사는 대표적으로 사조산업, 동원산업, 신라교역을 꼽을 수 있다. 세 선사는 항상 조용한 물밑 경쟁을 하고 있는데, 2018년은 내가 속해 있는 사조산업이 두 선사에 비해 어획량이 좋았던 해였다. 유난히 성과가 좋아 대표님의 특별 성과금이 각 선박에 전달되었다.

제목 : 사장님 특별 성과금 지급

수신 : 선단 선박
발신 : 수산팀

중요
불철주야 조업에 임하시는 해상 선원 여러분의 노고에 감사드립니다.
당사의 금년도 어획량이 타사 대비 매우 우수합니다.
이를 선사 선박에서 함께 축하하고자 대표님께서 각선 '돼지 3마리씩'
선적하기로 하였습니다.
추후 입항 시 대리점을 통해 선적될 수 있도록 각선 조치 바랍니다.
안전조업과 대어만선을 기원합니다.

성과금이 돼지라니. 참 원양어선스럽다. 다음 입항지에서 돼지를 받기로 하고 조업을 이어 나가는데 그물 밑단을 조이는 퍼스윈치에서 문제가 발생했다. 투망 후 평소엔 30~40분 정도 걸리던 퍼싱이 1시간이 넘어 버리니 그물 안에 있던 고기들도 조여지지 않은 그물 밑으로 다 나가 버렸다. 기관장님은 결국 수리 불가라 판단하셨고, 선장님도 바로 입항지를 향해 배를 돌리셨다.

좋지 않은 일로 입항을 했지만 선원들에게 육지란 그저 좋은 것이다. 오전에는 수리를, 오후에는 회식을 하며 나름 파티 아닌 파티를 즐겼다. 아마 그러면서 서서히 긴장이 풀렸던 것 같다.

연안국에 입항하게 되면 수속이나 필요한 물품 보급을 위해 본사에서는 대리점을 연결시켜 준다. 우리가 물품 보급을 직접할 수 없기 때문에 대리점에 요청해 공급받는 것이다. 그런데 돼지를 구해 주기로 한 연안국 대리점에선 2~3일이 지나도 답이 없었다. 애꿎은 무전만 계속할 뿐.

"OCC(대리점 이름), 디스 이즈 타이나!" (OCC, 여기는 타이나!)

"예스, 타이나. 고 어헤드~" (들립니다, 타이나호. 말하세요~)

"위 니드 어 피그! 위 롱타임 웨이팅, 유 노 스픽 에브리데이." (우리는 돼지가 필요하다고! 오래 기다렸는데 맨날 아무 말도 없잖아.)

"예스, 스몰 타임 웨잇 웨잇…." (알았으니까 잠시만 기다리라고….)

뭘 만날 잠시만 기다려 달라는 건지. 연안국 사람들은 태생이 느긋하다. 오늘 안 하면 내일 하면 된다고 생각한다. 그렇게 대리점 직원 말을 믿고 5일 동안 마냥 기다리고만 있었더니 선장님의 인내가 드디어 바닥을 드러내고 말았다.

"돼지 가져왔나?"

배에서 내내 소식을 기다리던 선장님이 외출하고 돌아온 우리에게 물으셨다.

"대리점에서 내일 아침에 가져다준다고 합니다…."

그 말은 대리점이 며칠째 반복했던 단골 멘트였다. 아직도 돼지 하나 본선에 못 실었다는 이야기를 듣자마자 선장님은 불같이 화를 내셨다.

"다 나가~~~!!!"

쫓겨난 브리지 항해사들의 귓가에 추상같은 어명이 떨어졌다.

"나가서 돼지 가져와! 돼지 없이는 배에 들어오지도 마!!!"

선장님이 화내시는 모습은 종종 봐 왔지만 이번 분노 게이지는 심상치 않았다. 무슨 일이 있어도 이번엔 돼지를 가져와야 했다. 나와 상훈이 나가서 돼지를 구해오기로 하고, 진우는 배에 남아 동향을 살피기로 했다.

상훈이와 나는 급히 대리점 사무실로 달려가 돼지를 달라고 했다. 하지만 사무실에서 돼지가 나올 리는 없었다. 급한 대로 우선 대리점 차를 얻어 타고 농장을 직접 찾아가기로 했다.

차를 타고 굽이진 길을 1시간 이상 달려 도착한 곳은 농장이 아닌 가정집이었다. 여기 돼지가 어디 있냐고 묻자 집주인과 대리점 직원이 동시에 같은 곳을 가리켰다. 파리가 날리고 꾸리꾸리한 냄새가 가득한 철장 속에 돼지가 있었다. 짤막한 다리, 토실토실한 엉덩이, 꼬불꼬불한 꼬리, 잔털이 삐죽삐죽 돋아난 납작코…. 그것은 돼지가 분명했지만 입항 후 5일 동안 그렇게 고대하던 돼지가 죽어서 손질된 고기가 아닌, 살아서 냄새를 풍기며 꿀꿀대는 돼지여서는 안 될 일이었다.

해는 어느덧 뉘엿뉘엿 지고 있어서 이제 달리 찾아갈 농장도 없는 상황. 선택을 해야 했다. 돼지를 가지고 가면 배로 돌아갈 수 있겠지만 배에서 도살을 해야 한다. 저번에 타라와에서 돼지를 잡았던 베트남 선원은 이제 집에 가고 없는데 그럼 누가 돼지를 잡지? 조리장님이 과연 돼지를 잡을 수 있을까? 돼지를 못 잡으면 돼지랑 출항을 같이해야 하나…?

한참을 고민하던 우리는 해가 다 지고 깜깜해지고 나서야 배로 돌아왔다. 빈손으로. 대신 두 손이 발이 되도록 빌기로 했다.

우리 셋은 선장님 앞에 나란히 무릎을 꿇고 앉았다.

"선장님 죄송합니다. 돼지 못 구해왔습니다."

"내일 손질해서 가져다준다고 합니다. 죄송합니다."

"내가 지금 돼지 때문에 이러는 게 아니다."

불같이 화를 낼 줄 알았던 선장님은 우리를 의자에 앉히더니 차분한 말투로 말씀하셨다.

"선박에는 일정이란 게 있고 각자에게는 맡은 책임이 있는 거다. 기관부는 매일 같이 수리 업무를 하고 갑판부는 갑판을 책임지고 항해사들은 대리점과 진행 상황을 조율하고 늦지 않게 일을 처리해야 한다. 그래야 일들이 잘 풀려나가는데, 이게 만약 돼지가 아닌 선박에 아주 중요한 부품이라면 어떻게 됐겠노? 출항도 못 하고 마냥 멍청하게 기다리고만 있어야 한다."

돼지에 집착해 하루 종일 뛰어다닌 우리는 미처 생각하지 못한 부분이었다.

"항해사들은 미리 보고 움직일 줄 알아야 하는데 너희는 5일

정박한 섬나라에서 흔히 보는 마을 풍경. 어디나 다 그림 같다

내내 아무것도 하지 않고 움직이지도 않았다. 이건 너희의 의무를 다하지 않은 거다. 아무리 사소한 거라도 책임감 있게 일을 마무리 지을 줄 알아야 한다."

"네…."

아, 선장님은 정말 멋진 분이셨다. 선장님이 우리에게 바란 건 돼지가 아닌 항해사로서 책임감 있는 자세였다. 우리가 실수하거나 책무를 다하지 않으면 결국 그 피해는 모든 선원에게 돌아간다는 걸 몸소 깨닫길 원하셨던 거다.

해이해진 정신에 긴장감을 준 돼지 공수 사건. 지글지글 익어가는 삼겹살을 먹을 때마다 생각나는 귀한 경험이다.

벗는 취미가 생겼다

날이 유난히 맑아 하늘과 바다의 경계마저 모호하게 느껴지는 오후였다. 낮게 떠 있는 구름이 바다 위에 비칠 때면 자연이 그린 데칼코마니 작품 안에 들어와 있는 듯한 기분이 들었다. 그 잠깐의 여유를 깨고 식사 시간을 알리는 마이크 소리가 선내에 울려 퍼졌다.

"식사하세요~."

점심 식사를 알리는 밥종이 울리면 선장님은 유유히 식당으로 내려가셨다. 그러면 삼항사인 나는 비어 있는 선장님 방으로 들어가 청소를 시작했다. 삼항사 생활도 어느덧 여섯 달째라, 책상을 정리하고 바닥을 쓸고 닦고 쓰레기통을 비우는 데 5분이면 충분했다. 방이 말끔해지면 곧장 밖으로 나와야 했지만, 나는 늘 그곳에 잠시 더 머물렀다. 그곳에서만 하는 나만의 은밀한 루틴이 있었기 때문이다.

바로, 남이 볼까 걱정하면서도 그 무렵 하루도 거르지 않고 했던 '보디 체크'였다. 청소를 마치면 나는 으레 닫힌 문을 스윽 한 번 확인하고는 빠르게 옷을 벗기 시작했다. 겉옷에 이어 상의까지 과감하게 벗어 재끼고는 오래된 원목 거울 앞에 서서 포즈를 취해 보는 것이다. 배에 힘을 주고 주먹으로 때려 보기도 하고, 가슴 근육에 힘을 주고 검지로 꾹꾹 찔러도 보고. 과하게 힘을 주지 않아도 몸이 제법 단단해졌다는 걸 알 수 있었다. 그도 그럴 것이 원양어선에서의 생활은 그 자체로 '천연 헬스장'에 사는 것이나 다름없으니 말이다.

원양어선에서의 하루는 늘 2,500미터가 넘는 그물을 잡아 올리는 고중량 고반복 작업으로 시작된다. 강풍이라도 불면 그물이 바람에 휘날려 급격한 과부하가 걸렸고, 스웰Swell, 너울성 파도마저 도와주지 않을 때는 그물을 잡고 좌우로 휘청거리며 전신을 쓰는 동작을 반복해야 했다. 게다가 만선일 때는 1,000톤의 고기를 하역해야 하니 아침 7시부터 밤 10시까지, 다채로운 중량 운동을 15시간씩 하는 셈이다.

그렇게 3, 4일간의 하역을 끝내면 냉동에 필요한 소금을 실어

야 하는데, 소금 포대의 무게도 만만치 않았다. 한국 소금은 30킬로그램, 방콕 소금은 50킬로그램 단위였기에, 그나마 한국 소금을 받게 되면 선원들 입에서 환호성이 터질 정도다. 그렇게 30톤에 달하는 소금 적재까지 마치고 나면 선원들의 몸은 한 항차 중 가장 단단한 상태로 변해 있기 마련이다. 항차가 끝나갈수록 몸이 좋아지다 보니 거울에 비친 자기 모습을 이리저리 돌려보지 않을 수가 없는 거다. 그러다 보니 배에서 유일하게 선장님 방에만 있는 전신 거울 앞에 서서 점점 단단해지는 몸을 확인하는 게 어느새 나만의 작은 낙이자 일과가 됐다.

새벽 4시에 일어나 밤 11시까지 이어지는 당직과 매일 반복되는 투망과 양망, 그리고 강도 높은 하역 작업은 말 그대로 지옥 같다. 하지만 거울 앞에 서서 단단해진 몸을 바라볼 때면 왠지 모르게 보상을 받은 기분이 들곤 했다. 그리고 그런 날들이 쌓이다 보니 어느 순간부터는 고된 일과조차 즐기고 있는 자신을 발견하게 되었다.

마부위침磨斧爲針. 신참 시절 선장님께서 가르쳐주신 글귀다. '도끼를 갈아 바늘을 만든다'는 뜻으로, 아무리 어려운 일도 포기하지 않고 노력하면 결국 해낼 수 있다는 말이다. 처음엔 어렵고 두렵기만 했던 일들을 어느새 가뿐히 해내고 있는 나를 볼 때마다 그 말을 떠올리곤 했다. 고된 노동 속에 나날이 단단해지고 있는 지금 생활도 꽤 괜찮다고 생각하면서 말이다.

우리는 언제 쉬냐고요

아름다운 크리스마스섬[18]에 해가 떠올랐다. 눈부신 일출의 순간, 하늘과 바다의 경계를 알리는 건 길게 늘어진 산호초뿐이었다. 죽기 전에 꼭 한번 와야 한다는 그림 같은 섬에 도착했건만 아쉽게도 우리는 여행이 아닌 일을 하러 온 것이었다.

"하역 시작합시다!"

만선을 해서 키리바시에서 가장 유명한 크리스마스섬에 입항했지만, 일출을 감상할 시간도 없이 비린내 가득한 어창으로 들어가야 했다.

태평양의 중심에 위치한 키리바시 공화국은 피닉스제도를 중

---

18 태평양 중부 라인제도에 있는 태평양에서 가장 큰 산호초 섬으로, 현지인들은 키리티마티 Kiritimati섬이라고 부른다.

크리스마스섬의 에메랄드빛 바다

심으로 동쪽으로는 라인제도, 서쪽으로는 길버트제도를 포함하고 있다. 중앙 태평양에 흩어진 33개 환초로 이루어진 나라로 국토 면적은 제주도의 절반에 불과하지만 해안선이 길어 배타적 경제수역EEZ은 344만 제곱킬로미터에 달하는 '바다 부자국'이다.

그중에서도 라인제도에 속한 크리스마스섬은 '비공식적으로' 세계에서 해가 가장 빨리 뜨는 곳이다. 경도상 동경 150도에 위치해 있어, 앞서 '원양어선의 바비큐 클래스'에서 해가 가장 빨리 뜨는 곳이라 설명한 키리바시의 수도 타라와보다 해가 2시간이나 빨리 뜨기 때문이다. 위치상으로는 날짜 변경선을 지나기 때문에 타라와보다 날짜도 하루 빨랐지만, 같은 나라에서 일시가 다른 것이 불편해 1998년도부터 동일시하기로 하면서 '비공식적으로 해가 가장 빨리 뜨는 지역'이 되었다.

그런 곳에서 맞는 일출이라 더 특별하게 느껴졌는데… 하지만 현실의 나는 갑판 위도 아닌, 어창에서 고된 하역 중이었다. 한창 하역을 하고 있는데 누군가 희소식을 물어왔다. 하역이 끝난 후 옆에 접선한 배와 축구 경기가 잡혔다는 것이다. 거친 숨소리뿐이던 어창에 환호성이 터졌다.

"압둘, 유 노 싸커? 싸커?" (압둘, 축구 알아? 축구?)

"에헤이, 님! 미 호날두야~" (왜 이러셔. 님아, 나 인도네시아 호날두임.)

"님, 싸커 알아?" (그러는 이항사님은 축구 알아요?)

"미 메시야~ 스몰 타임 체킹, 노 프라블럼!" (내 실력은 메시임. 조금 있다가 경기할 때 확인해 봐!)

친선경기가 좋아서가 아니다. 고단한 하역이 끝나고 바로 출항하는 것이 아니라, 섬에서 하루 쉬어갈 수 있겠다는 생각에 너도나도 환호성을 지른 것이다. 얼마 만의 외출이란 말인가! 축구 경기가 끝나고 다들 외출할 생각에 행복한 비명을 지르며 평소보다 가뿐히(?) 하역을 마쳤다. 그런데….

"올 라인 렛 고!"

출항을 위해 배를 묶어둔 계류줄을 모두 거둬들이라는 명령이 떨어졌다. 출항이라니…. 방금까지 모두를 들썩이게 한 친선경기는 온데간데없고 다시 고기를 잡으러 출항하란다. 원양어선의 삶이란 그런 것이다. 하루 맘 편히 쉬고 싶어도 그러려면 고기잡이할 시간을 깎아 쉬어야 한다. 쉬면 쉴수록 내 시간, 내 돈, 내 삶을 깎아 먹는 것이기에 단 몇 시간도 허투루 사용할 수가 없다. 그렇다는 걸 알면서도, 한편으로는 '하루 정도 쉬어도 될 텐데…. 선장님 참 너무하네' 하는 마음이 드는 것 또한 어쩔 수가 없다.

그렇게 간만에 찾아온 휴식에 대한 기대를 허무하게 날려 보내고 우리는 다시 출항을 준비해야 했다. 배에서 얼마 떨어지지 않은 곳에서 돌고래들의 깜짝쇼가 벌어졌다. 크리스마스섬에 입출항할 때마다 높게 점프하며 우리를 반겨주던 돌고래 무리의 출항 인사였다. 하지만 쉴 수 없다는 섭섭함 때문이었을까, 이날만큼은 그 모습도 그다지 우리를 기쁘게 하지 못했다.

한 달 뒤. 만선을 한 타이나호가 다시 크리스마스섬을 찾았다. 크리스마스섬은 여전히 눈부신 에메랄드빛 바다와 돌고래들의 멋진 점프로 우리를 환영했다. 입항하자마자 역시나 고된 하역이 이어졌고, 하역이 끝날 때쯤 또다시 피크닉과 축구 경기가 예정돼 있다는 소리가 들려왔다.

"압둘, 피니쉬하면 아웃사이드 싸커 있어." (압둘, 하역 마치면 밖에서 축구 한대.)

"ㅅㅂ, 미 노 라이크! 비포 쌤쌤 스픽, 싸커 싸커~ 피니쉬 출항, 머하노?"(나 기분 별로 안 좋아. 이전에도 축구하러 간다고 하고 하역 끝나자마자 출항했잖아. 그게 뭐야?)

양치기 소년이 된 느낌이었다. 선원들 누구도 배 밖으로 나갈 거란 말을 믿지 않았고 하역이 끝나면 출항을 하겠거니 생각했다. 전과는 달리 사기 증진도 되지 않았다. 하지만 다행히 하역이 끝나자 우리는 정말 피크닉을 갈 수 있었고, 두 팀으로 나눠 축구도 했다.

삐이익~! 휘슬이 울리자 공을 향해 우르르 몰려다니는 개떼 축구가 시작되었다. 자기가 호날두라며 큰소리치던 압둘은 시작 몇 분 만에 골대를 붙잡고 거친 숨을 몰아쉬었고, 자칭 메시였던 나에게는 희한하게도 공이 오지 않아 실력을 증명할 길이 없었다. 결국 전반 15분도 되기 전에 우리는 금세 지쳐 버렸지만 갑판이 아닌 땅 위에서 공을 차고 있다는 것만으로 충분히 즐겁고 행복했다. 경기가 끝나고 선원 모두 에메랄드빛 바닷물로 뛰어들어 더운 열기를 식혔다. 조업으로 쌓인 피로와 3일간의 하역으로 몸에 밴 비린내가 말끔히 씻겨나간 기분이었다.

열심히 뛰고 땀도 식혔으니 이제는 배를 채울 시간. 때맞춰 저 멀리 조리장님이 부르는 소리가 들렸다. 섬나라에서 숯 대신 사용하는 바싹 마른 코코넛 껍질을 모아 불을 지핀 뒤 두껍게 썬 삼

컨베이어 벨트 위에서
구워지는 고기

간만의 휴식을 즐기는 선원들

겹살을 컨베이어 벨트 위에 올렸다. 고기를 옮기는 데 사용하는 컨베이어 벨트를 작업선에서 불판 대신 요긴하게 사용했다. 기름 진 숯불 향이 크리스마스섬에 퍼지자 동네 꼬마들이 하나둘 모여들었다.

"타이나, 파이팅!"

"파이팅!!!"

불만 가득했던 압둘도, 오랜 승선으로 지쳐 있던 선원들도, 호기심 가득한 크리스마스섬 꼬맹이들도 모두 밝게 웃으며 흥겨운 파티를 즐겼다. 걱정 없는 웃음소리와 오랜만의 여유가 크리스마스섬을 가득 채웠다.

해가 뉘엿뉘엿 저물 때쯤 우리는 본선으로 돌아와 출항했다. 배를 멈추고 하루를 쉬려면 그만큼 어획 시간이 줄어든다는 진리는 언제나 유효하기 때문이다. 우리는 늘 기대를 품고 입항하고, 아쉬움을 뒤로 한 채 출항하는 원양어선 선원이다. 때로는 야박한(?) 선장님의 결정에 실망과 원망을 쏟아내기도 하지만, 작업의 로스를 최소화해야 하는 그 마음을 누구보다 이해하는 뱃사람들이다. 원양어선에서 만선의 기쁨보다 더한 것은 없기 때문이다.

이등항해사로 진급하다

텅~! 촤아악…. 타이나호가 넘실거리는 파도를 반으로 가르며 나아갔다. 사방으로 튀어 오른 바닷물이 작은 무지개를 만들며 세차게 브리지 앞 창문을 두들겼다. 너울이 심하게 이는 날이었다.

태평양이라는 이름은 '평화로운 바다'라는 뜻의 라틴어 'Mare Pacificum'에서 유래됐다. 탐험가 페르디난드 마젤란이 험난한 파타고니아 해협_{마젤란 해협}을 통과한 뒤 거친 파도가 사라지고 거울처럼 잔잔한 바다가 펼쳐진 광경에 감탄해 'The Pacific ocean_{천하 태평한 바다}'이라 이름 붙였다고 한다. 하지만 그 이름과는 달리 태평양은 순한 바다가 아니다. 특히 날짜 변경선을 기준으로 동쪽의 날씨는 '평화'와는 거리가 멀었다. 아무튼 동쪽부터 서쪽까지 3,000마일이 넘는 이 바다가 바로 우리의 어장이다. 그렇게 참치를 찾아, 언제 어디서 몰아칠지 모르는 거친 파도를 헤치며 태평양을 누비던 어느 날이었다.

선장님이 브리지 파트인 나와 진우, 상훈을 부르셨다. 우리는 평소 엄하시면서도 많은 가르침을 주시는 선장님 앞에 다소곳하게 섰다. 선장님은 잠시 우리를 바라보시더니 흰 종이 위에 날렵한 필체로 글씨를 써 내려가기 시작하셨다.

職位變更(직위변경)

일항사 **김 상 훈**
이항사 **김 진 우**
이항사 **김 현 무**

출항 이후 호칭 변경 바람

船長 **이종운**

진급을 알리는 공지문이었다. 출항 1년째, 오늘부로 나는 삼등항해사가 아닌 이등항해사가 된 것이다. 갑판에 나가니 "삼항사님~" 하고 부르던 외국 선원들이 "오~ 이! 항사님"이라며 치켜세워줬다. 평소 우리를 못 잡아먹어 안달이던 갑판장님도 "삼항사,

아니 이항사! 더 잘해라~" 하시며 은근히 축하를 건네주셨다.

늘 새벽부터 일어나 브리지 청소로 하루를 시작했다. 선장님 커피를 타고, 레이더 앞에서 눈에 불을 켜고 새 마크를 찍으며 선장님께 달려가 보고하길 어느덧 1년. 그동안 나와 진우, 그리고 상훈은 300번이 넘는 투망과 양망, 그리고 하역으로 단련됐다. 이렇게 되기까지 뭐 하나 쉬운 게 없었다. 온종일 서 있다 보니 종아리에 알에 배겨서 자다가 쥐가 나는 바람에 비명을 지르며 깼던 숱한 날들이 떠올랐다.

본선에는 이미 작업 인원은 충분했기에 새로운 인원이 추가되진 않았다. 직책은 이등항해사로 바뀌었지만 여전히 막내였고, 업무도 크게 달라진 건 없었다. 다만 우리의 어깨가 평소보다 조금 더 으쓱 솟았을 뿐이다. 이 힘들고 거친 원양어선에서 '살아남았다'. 아니, 거기에서 그치지 않고 '인정받았다'!

이제 어기漁期는 얼마 남지 않았지만, 두렵고 힘든 순간을 이겨냈다는 자부심이 진급 못지않게 나를 기쁘게 했다. 홀로 고독하게 대학가를 떠나왔던 날, 진우와 함께 절대 배에서 내리지 말고 끝까지 함께하자는 약속이 이렇게 지켜지고 있었다.

⚓

2장

세레나2호의
이등항해사

잔잔한 바다에서는 결코 숙련된 선원이 될 수 없다.
A smooth sea never made a skilled sailor.

_프랭클린 D. 루스벨트

두 번째 배를 찾아서

중부 태평양 미크로네시아 동부에 위치한 마셜제도는 총 1,156개
의 섬으로 이루어져 있다. 제2차 세계대전 중 미국이 마셜제도의
비키니 환초에서 1946년부터 1958년까지 67회나 핵실험을 한 곳
으로 유명하다. 전쟁의 흔적은 남아 있지만, 이제는 그 어느 곳보
다 고요하고 평화로운 휴양지로 각광받는 곳이다.

　이곳의 수도이자 최대 도시인 마주로의 묘박지[19]에는 언제부
터인가 세 척의 배가 정박해 있었다. 'FONG SEONG'이라는 대만
회사 소유의 배들이었는데, 조업 도중 회사가 파산하면서 이곳에
발이 묶인 것이다. 정확한 연도는 알 수 없지만 선내에 남아 있던
라이선스가 2014년에서 멈춰 있는 것으로 보아 3~4년은 방치된

19　錨泊地. Anchorage. 배가 안전하게 머물 수 있는 해안 지역.

듯했다. 그리 오래되진 않았을 텐데도 사람의 손을 타지 않아 그 런지 배 안은 유령선 같았다. 하지만 이 배는 얼마 후 수리를 거쳐 환골탈태하게 되는데, 나는 그 배에서 장장 28개월 동안이나 이 등항해사로 승선하게 된다.

타이나호에서 하선한 지 두 달이 지났다. 벌써 두 달이라니. 시 간이 너무 빠르게 느껴졌다. 배에 승선해 있을 때는 시간이 느리 게, 마치 무겁게 움직이는 선박처럼 흘러가지만, 하선 후 휴가 기 간은 뻥 뚫린 고속도로를 달리는 스포츠카처럼 순식간에 지나가 버린다. 통상 3~6개월 정도의 휴가가 지나면 다시 승선을 준비해 야 하니 마음이 우울해질 수밖에 없다. 그래도 다행인 것은, 얼마 전 회사에서 연락이 와 마지막으로 잡았던 어획물에 대한 정산을 받을 수 있었다는 점이다.

정산금을 받고 나는 가장 먼저 현금으로 3,000만 원을 찾아 눈앞에 두고 감상했다. 그토록 힘들게 일해서 번 돈을 통장에 찍 힌 숫자로만 마주하는 것은 예의가 아니라고 생각했다. 3,000만 원이 그리 큰돈은 아닐 수 있지만 나에게는 매우 의미 있는 돈이 었기에 하루, 이틀 감상하고는 다시 은행에 그대로 가져가 입금 했다. 그러면서 내가 14개월 동안 배를 타며 벌었던 돈을 합산해 보았다. 14개월간의 정산금에 퇴직금과 마지막 항차 어획 수당까지 포함하니 1억 원 가까이 벌었다. 월급으로 치면 500~600만 원 정도였다. 솔직히 당시엔 이 돈이 매우 작아 보였다. 나보다 더 잘 번 친구들도 많아 얼마나 큰돈인지 잘 몰랐다. 하지만 스물넷, 이제 갓 대학교를 졸업한 내 또래 직장인 중에 초봉이 이보다 많은 직업도 흔치는 않았다. 게다가 배에서는 돈 쓸 일이 없다 보니 마음만 먹는다면 한 푼도 쓰지 않고 전부 저금할 수도 있다.

기분 좋은 정산 후 회사로부터 다음에 탈 배를 배정받았다. 원래는 조금 더 쉬다가 나중에 배정받는데, 나는 지난번 타이나호에서 함께했던 선장님과 한 번 더 같은 배를 타기로 약속해 둔 터라 연락이 예상보다 빨리 온 것이다. 선장님은 이번에 회사에서

인생 첫 정산금
3,000만 원을 현금으로
찾아 감상했다

새로 인수한 선박을 맡게 되셨는데, 정산이 끝난 다음 날 곧장 목포로 내려가 배 상태를 확인하고 싶다며 함께 가자고 하셨다.

버스를 타고 도착한 목포 대불 조선소에는 마주로의 묘박지에 묶여 있던 세 척의 배 중 두 척이 정박해 있었다. 그 낡아빠진 배의 앵커닻를 우리 회사가 들어 올릴 줄은, 그리고 내가 그 배에 승선하게 될 줄은 꿈에도 몰랐다….

배는 아직 수리 전이라 상태가 말이 아니었다. 먼발치에서 점점 다가갈수록 음산한 기운이 느껴졌는데, 마치 오래된 폐가에 발을 들이는 것처럼 등골이 서늘했다. 브리지에는 제를 지낸 흔적처럼 쓰다 만 향과 부적이 곳곳에 남아 있었고, 쓸모를 잃은 선용품들이 여기저기 널브러져 있었다. 주인도, 지키는 이도 없는 배라 돈이 될만한 것들은 마주로 묘박지의 좀도둑들이 진즉에 훔쳐 갔을 터였다.

배에 남아 있는 쓰레기 청소를 시작으로 장장 6개월에 걸쳐 대규모 수리가 진행되었다. 원양어선에서 3년을 승선하면 군 복무가 면제되는 승선근무 예비역이었던 나는, 하선 후 기초군사훈련을 반드시 이수해야만 했기에 바로 승선에 합류하지 못했다. 덕분에 배는 수리에 들어갔지만 나는 잠시나마 꿈 같은 강제 휴가를 누릴 수 있었다.

3주 동안의 군사훈련을 마치고 뒤늦게 선박에 합류했을 때 담

당 감독님은 "본격적인 수리를 시작하기 전에 꼬박 두 달 동안 쓰
레기만 버렸다"고 말씀하셨다. 그렇게 선원들이 고생한 덕에 처
음 마주했을 때 귀신의 집 같던 배는 어느덧 새 단장을 마치고 '세
레나2호'라는 새 이름으로 늠름히 출항을 준비하고 있었다. 친근
함과 온기 가득한 세레나2호에 첫발을 내딛는 순간 나는 또 다른
시작을 실감할 수 있었다.

바다로 날아간 선원

"사람이 바다에 빠졌습니다!!!"

출항한 지 얼마나 지났을까. 갑판장이 다급히 외쳤다.

"스탑 엔진, 하드 포트 Stop Engine, Hard Port." (엔진 정지, 좌현으로 최대 타각.)

"스탑 엔진, 하드 포트!" (엔진 정지, 좌현으로 최대 타각 완료!)

선장님은 즉시 배를 멈춰 세우고 선원들에게 지시를 내리셨다.

"일항사, 코파에 올라가 봐라. 이항사는 네트 보트로 나가 보고⋯."

"네!"

구명조끼를 챙기러 가는 등 뒤로 선장님의 나직한 혼잣말이 들렸다.

"꼭 찾아야 할낀데⋯⋯."

언제나 침착함을 잃지 않는 선장님이었지만 불안한 기색을 감추지 못하셨다.

30분 전, 장장 반년에 걸친 수리를 마친 세레나2호가 시범 출항했다. 아무리 철저하게 수리를 했다 해도 5년간 멈춰 있던 기계가 태평양까지 나가 정상적으로 조업할 수 있을지는 미지수였다. 그래서 본격 출항에 앞서 최종 점검을 위한 시험 투망을 하러 나온 것이다.

부산 감천항을 출발해 울릉도 앞바다에서 시험 투망을 하고 다시 감천항으로 돌아오는 일정이었다. 세레나2호는 한국 회사 소유 선박이지만 태평양 섬나라 바누아투에 선적을 두고 있기 때문에 반드시 허가받은 울릉도 인근 수역까지 가서 합법적으로 시험 투망을 해야 했다.

검은 연기가 감천항의 하늘을 뒤덮으며 힘차게 출항한 지 얼마 지나지 않아서 선내 스피커에서 다급한 목소리가 울려 퍼졌다.

"사람이 바다에 빠졌습니다!!!"

배에는 윈치Winch라고 하는 유압장치가 있다. 와이어를 감아 물건을 달아 올리기도 하고 원하는 위치에 옮기기도 하는, 선박에 없어서는 안 될 기계다. 그런데 최근 수리 과정에서 이 윈치의 속도 조절 장치가 평소와 다르게 세팅돼 있었던 모양이다. 그 사실을 모른 채 갑판장이 평소처럼 작동 버튼을 눌렀고, 너무 빠른 움직임에 와이어 끝을 잡고 있던 외국인 선원이 순식간에 허공으로 날아가 버린 것이다. 선원은 마치 타잔이 덩굴줄기를 타듯 와이어를 붙잡고 허공을 가르며 날아 그대로 바다로 추락하고 말았다.

무슨 만화 같은 장면인가 싶지만, 선박에서는 이런 돌발적인 사고가 드물지 않게 발생한다. 더구나 병원도, 전문 의료 장비도 없는 망망대해에선 사소한 사고도 생명을 위협할 수 있기에, 빠른 상황 판단과 응급 처치가 무엇보다 중요하다.

"스탑 엔진, 하드 포트!"

선장님의 다급한 명령이 떨어지자 나는 곧바로 조타기 앞에 서서 배를 왼쪽으로 급선회하여 정지시켰다. 이어 레이더와 전자 해도에 MOB[20] 마크를 신속하게 표시한 뒤, 다시 내려온 지시에 따라 구명조끼를 입고 네트 보트에 몸을 실었다.

"데드 슬로우 어스턴Dead Slow Astern!"(최소 속력으로 후진!)

연이어 떨어진 명령에 따라 아직 전진 타력이 남아 있는 배의 프로펠러가 반대로 돌기 시작했다. 프로펠러가 힘겹게 물을 밀어내자 순간 선체가 심하게 요동했고, 그 진동은 내가 탄 네트 보트까지 고스란히 전해졌다. 이기사와 베트남 선원, 그리고 나까지

---

20 Man Over Board. 해상 개인 조난 신호기. 사람이 물에 빠졌을 때 마크를 찍어 구조 위치를 전달한다.

세 사람의 몸이 동시에 흔들리자 내 심장까지 덩달아 쿵쿵쿵 소리를 내며 빨라지는 것 같았다.

텅! 마침내 네트 보트가 바다로 내려졌다. 보트는 날렵하게 수면 위를 달렸지만, 우리에겐 시간이 별로 없었다. 물에 빠진 선원은 구명조끼조차 입지 않은 데다 정확한 위치도 확인되지 않았다. 게다가 감천항을 나오자마자 사고가 발생한 터라 여러모로 상황이 좋지 않았다. 입출항 선박이 많아 자칫 물에 빠진 사람을 보지 못하고 그대로 지나가 버린다면 배에 치이는 불상사까지 우려되는 상황이었다. 본선에서는 선박관제센터_{VTS: Vessel Traffic Service}에 연락해 사람이 빠진 사실을 알리고 통항 제한을 요청했다. 다행히 관제센터에서 빠르게 주변 선박들에 상황을 전하며 최소한의 안전이 확보되었다.

우리는 보트 속도를 최대로 올려 선원이 떨어졌을 것으로 추정되는 위치에 도착했다. 그러나 사방을 둘러봐도 선원의 모습은 보이지 않았다. 혹시 추락하는 순간 심한 충격을 받아 기절해 가라앉은 건 아닐까? 그렇다면 시간이 흐를수록 찾기는 더 어려워진다. 게다가 뭍에는 봄기운이 완연하다지만 아직 바다 날씨는 초겨울처럼 차가운 4월이었다. 무사하다고 해도 빨리 찾아내지 않는다면 저체온증이 곧 생명을 위협할지 모른다.

그때였다. 같이 나온 베트남 선원이 손가락으로 바다 한쪽을 가리켰다. 손가락을 따라 시선을 옮기자 약 300미터쯤 떨어진 곳에 수박처럼 동동 뜬 작은 머리가 보였다. 물에 빠진 선원이 얼굴만 빼꼼히 내민 채 간신히 자신의 위치를 알리고 있었다. 휴우……. 다행이다. 안도의 한숨이 저절로 터져 나왔다.

곧장 선원을 구조한 뒤 본선에 알리면서 통항 제한은 해제되었다. 구조된 선원은 온몸을 심하게 떨었는데 저체온증이 온 데다 바다로 추락하면서 적잖은 충격을 받은 모양이었다. 본선으로 데려와 따뜻한 물에 샤워를 시킨 뒤 청심환을 한 알 먹였지만 떨림은 쉽게 가라앉지 않았다. 담배를 연이어 피워 물면서도 마찬가지였다. 그의 마음을 진정시키기 위해 윈치의 속도 세팅에 문제가 있었다고 자초지종을 설명해 주었지만, 죽다 살아난 외국인 선원은 연신 "갑판장 ×새끼"란 말만 내뱉을 뿐이었다. 하기야 생과 사를 넘나들던 충격이 샤워 한 번에, 청심환 한 알에, 담배 몇 모금에 씻겨 나갈 리가 없지.

다행히 외국인 선원은 숙면을 취한 뒤 빠르게 회복했고, 바로 업무에 복귀했다. 바다에 빠진 당사자만큼은 아니겠지만 이날의 사건은 내게도 큰 경각심을 주었다. 선상 생활에 어느 정도 익숙해지면서 조금씩 느슨해지고 있던 마음을 단번에 다잡아 준 사건이었다.

안조대어. 모든 원양어선의 선훈처럼 자리 잡은 이 네 글자에

구조된 후 배로 복귀 중인 베트남 선원 '리'(왼쪽 첫번째)

는 안전한 조업과 만선을 함께 기원하는 간절한 바람이 담겨 있다. 나는 알 것 같았다. 왜 '안조'라는 단어가 만선을 기원하는 '대어' 앞에 놓였는지를 말이다. 함께 배를 타는 한 사람 한 사람이 안전하고 건강하지 않다면 진정한 만선의 기쁨은 그 누구도 누릴 수 없는 것이었다.

잊지 말자. 원양어선 최고의 기쁨은 만선이지만, 그보다 우선되는 목표는 언제나 모두의 안녕이다.

하선하겠습니다

"하선하겠습니다."

같이 승선 중인 삼등항해사가 선장님 방에 찾아가 말을 꺼냈다. 그는 나보다 한 살 많은 스물여섯 살이었다. 직급는 내가 위였지만 나는 편하게 그를 형이라고 불렀다.

삼등항해사인 그가 배를 탄 이유도 단연 돈이었다. 수산 대학을 졸업하고 취업을 준비했지만 취업난이 심해 마땅한 자리가 없던 시기였다. 마침 학교 동기들이 한 어기씩 승선을 마치고 큰돈을 벌어 육지로 돌아오는 모습을 보고 그도 승선을 결심했다고 한다. 보통 한 어기를 마치고 육지로 돌아온 선원들은 학교 근처에서 가난한 후배들에게 술을 사주며 자신들의 무용담을 전하곤 한다. 군대를 제대하고 복학생 신분이던 삼등항해사도 어느 날

태평양에서 조업을 마치고 온 친구를 만났다. 보통 그 나이에는 벌 수 없는 억대에 가까운 돈을 벌고 온 지인을 보고 고된 항해의 길을 선택한 사연은 이 바닥에선 흔한 일이다. 원양어선을 타는 사람들은 모두 한결같이 돈이라는 뚜렷한 목적을 가지고 바다로 나온다.

하지만 그런 큰돈을 벌 수 있는 이유는 그만큼 일이 고되기 때문이다. 그런데 많은 사람들이 이 점은 간과한 채 단순히 짧은 기간에 목돈을 벌 수 있다는 일면만 보고 승선을 결심한다. 그런 경우 열에 아홉은 이렇게 중도 포기를 선언하기 마련이다.

"형, 바다에 나가면 여자친구 안 보고 싶겠어요? 진짜 힘들 텐데?"

"헤헤, 그래도 버텨야죠!"

2019년 5월, 배가 출항할 때만 해도 삼등항해사의 눈빛은 초롱초롱했다. 사랑하는 애인을 위해서라도 기필코 늠름한 바다 사나이가 되어 무사히 여기를 마치고 귀환하겠다는 당찬 의지가 느껴졌다. 그랬던 그가 불과 두 달 만에 하선을 결심하다니. 선상 생활이 그가 상상했던 것과는 달라도 너무 달랐던 모양이다.

삼등항해사는 새벽 동이 트기 전, 4시 30분부터 브리지에 올라 일몰까지 견시를 서야 한다. 저녁 식사 후에는 오후 11시까지 항해 당직을 서고, 다음 날 새벽 같은 시간에 일어나 다시 똑같은 일과를 반복해야 한다. 항해 초기엔 그것만 해도 몸이 천근만근인데, 투망 후에는 갑판에 나가 그물을 끌어올리는 양망 작업과 만선 후 고기를 옮기는 하역 작업까지 이어지니 아무리 혈기 왕성한 사내라도 하루가 끝날 때쯤이면 초주검이 될 수밖에 없다.

다행히 일이란 아무리 힘들어도 반복하다 보면 적응되기 마련이고, 어장 상황에 따라 견시가 필요하지 않을 때는 중간중간 쉴 수도 있어 육체적인 피로는 비교적 쉽게 극복할 수 있다. 문제는 정신적인 스트레스다. 아는 것이 없는 삼등항해사는 선장님부터 외국인 선원까지 배 안에 있는 모두에게 만만한 먹잇감이기 때문이다. 아무리 사관이라 해도 뱃일을 제대로 못 하면 외국 선원들에게 꾸중을 듣는 것은 예사이고 '새끼야', '야, 삼' 같은 모멸적인 호칭도 감내해야 한다.

나 역시 처음에는 그들과 미묘한 기싸움과 신경전을 벌였지만, '이 보 전진을 위한 일 보 후퇴' 전략을 택한 뒤로는 선상 생활이 한결 편해졌다. 맛있는 음식이나 선물을 건네며 매일같이 모르는 것을 묻고 배우다 보니 어느새 격의 없는 친구 사이가 돼 있었다. 하지만 항해사마다 성향이 다르고, 배마다 선상 문화도 제각각이기 때문에 잘 적응하려면 개개인의 피나는 노력이 따라야 한다.

초짜를 용납하지 않는 건 갑판만이 아니다. 브리지에서도 일

머리 없는 삼등항해사에게 관용을 베풀지 않았다. 서로가 서로의 눈과 귀가 되어야 하는 항해 파트에서는, 작은 실수 하나도 큰 불상사를 불러올 수 있기에 정확한 업무 수행은 기본이다. 하지만 불행히도 우리의 삼등항해사는 시키는 일을 제대로 해내지 못해 매일 혼나기 일쑤였고, 선장님과 통신장님, 선배 항해사들에게 눈엣가시 같은 존재였던 것이다. 이리 치이고 저리 치이는 구박데기 신세가 오죽했을까 싶지만, 그런 상황을 이겨 내지 못하면 원양어선에서는 살아남을 수가 없다.

"그래도 조금만 더 버텨봐. 나도 처음엔 힘들었는데 하다 보니 나아지더라고. 그러니까 형도…"

안타까운 마음에 붙잡아 보았지만, 이미 그의 마음은 태평양 저편으로 떠난 듯 보였다. 한국에 있는 여자친구가 너무 보고 싶다며 떨어져 있는 시간을 더는 견디지 못하겠다고 했다. 요즘은 배에서도 와이파이가 되어 수시로 연락을 주고받을 수 있다. 하지만 이런 점이 오히려 항해사들의 하선 결심에 영향을 미치는 것도 같다. 마음을 나누고 대화를 나누는 건 곁에 있는 것처럼 쉬운데, 정작 실제로는 만날 수 없는 현실을 못 견디는 것이다. 우리 삼등항해사도 여자친구와 톡으로 서로 속상한 마음을 주고받으면서 하선하고 싶은 마음이 더 간절해졌던 것 같다.

예기치 못한 삼등항해사의 하선 결정으로 인해 아랫사람을 어떻게 관리해야 할까를 처음으로 고민하게 된 하루였다. 내가 조금 더 신경을 썼거나, 그가 의욕을 가질 수 있게 도와주었다면 하선을 막을 수 있었을까? 개구리 올챙이 적 생각 못 한다더니, 이리 치이고 저리 치이던 그를 보면서도 그가 얼마나 괴로울지 제대로 헤아리질 못했다. 배에서 막내인 삼등항해사가 하선하면 다음 막내인 이등항해사가 그 몫까지 도맡아야 한다. 나 역시 훨씬 힘들어진다는 얘기다. 그래서 더 붙잡았건만, 이미 떠난 마음을 돌려놓으려는 것만큼 어리석은 시도도 없더라. 젠장, 있을 때 잘할 걸 그랬다.

실종된 삼등항해사

삼등항해사가 집으로 돌아가고, 이등항해사 한 명이 새로 승선하기로 했다. 삼등항해사는 마지막 항차에 만선 후 하역하러 섬나라에 입항했을 때 홀로 하선하였는데 그로부터 이틀 뒤 갑자기 선내 전화가 울렸다. 회사였다.

"통신장님, 혹시 삼등항해사가 아직 본선에 있습니까?"

"아니요. 하역 시작 전에 바로 하선했습니다. 아마 대리점에서 호텔로 데려다주었을 겁니다."

"삼등항해사 어머니께서 아들과 연락이 닿지 않는다고 실종 신고를 하셨다고 합니다. 신고가 접수된 이상 해경에서 신원 확인을 해야 한다는데, 연락할 방법이 있을까요?"

나는 그때 어창에서 고기를 나르다 브리지로 불려가 상황 설명을 듣게 됐다. 순간 당황했지만, 금세 상황을 이해할 수 있었다. 태평양의 작은 섬나라에서는 비행기가 많아야 일주일에 두세 번, 인구가 적은 섬은 딱 한 번만 운행하기도 한다. 운 좋게 하선 바로 다음 날 비행편이 있으면 다행이지만, 일주일 넘게 섬에 발이 묶이는 경우도 있다. 삼등항해사는 어머니와 통화할 때 "곧 배에서 내린다"고만 말했을 뿐 집까지의 여정을 상세히 설명하지 않았을 테고, 사정을 몰랐던 어머니는 아들과 며칠 연락이 닿지 않자 무슨 사고라도 났나 싶어 급히 실종신고를 하신 거다.

그리하여 삼등항해사를 찾으라는 특명을 받은 나는 고된 하역 도중에 깜찍선물 같은 외출을 하게 되었다. 솔직히 삼등항해사의 실종은 크게 우려할 일이 아니었다. 일단 어머니의 걱정과 달리 실종일 리 없었고, 이 작은 섬에서 그를 찾기란 그리 어려운 일도 아니었다. 나는 곧장 대리점을 찾아가 그를 내려준 호텔을 알아냈다. 그리고 호텔 프런트에서 방 번호를 확인한 뒤 그의 방으로 올라가 문을 두드렸지만 반응이 없었다. 혹시 자고 있나 싶어 호텔 측에 도움을 구한 뒤 직원과 함께 방 안으로 들어갔다. 아니나 다를까, 그는 해가 중천에 뜬 줄도 모르고 깊은 잠에 빠져 있었다.

"……에? 이항사님이 무슨 일로?"
잠이 덜 깬 삼등항해사가 어리둥절한 표정으로 물었다. 자초

지종을 설명해 주자 그는 잔뜩 인상을 찌푸리더니 대뜸 어머니에게 전화를 걸었다.

"엄마! 경찰에 신고를 하면 어떡해요? 나 잘 있으니까 빨리 신고부터 취소해요!"

"이노므 자식! ##$%#&***#~~~~??!!"

모자 사이는 어느 집이나 비슷한지 한동안 엄마와 아들의 티키타카가 이어졌다. 그래도 일이 순조롭게 정리되는가 싶어 안도했는데, 뜬금없는 지점에서 제동이 걸렸다. 어머니가 목소리만으로는 아들이 맞는지, 정말 무탈한지 믿을 수 없다며 직접 얼굴을 보기 전까지는 신고를 취소하지 않겠다고 한 것이다. 아마도 보이스 피싱일 수도 있다고 생각하시는 듯했다.

음……? 왜 이야기가 이렇게 흐르는 거지?? 예상치 못한 전개에 머릿속이 복잡해졌다. 해경에 신고가 접수된 이상 신고자가 취하하기 전까지는 출항 정지가 내려지는데, 까딱하다간 우리 배의 발이 묶이게 생겼다.

요즘 세상에 영상 통화 한 번이면 간단히 해결될 일이었지만, 문제는 삼항사의 어머니께서 카카오톡이나 페이스타임 같은 앱을 전혀 사용하지 못한다는 점이었다. 섬나라에서는 그런 앱을 이용해야만 영상 통화가 가능한데 아무리 설명해 드려도 휴대전화에 앱 설치를 못 하셔서 무척 애를 먹었다. 하역까지 빼줬는데 빈손으로 돌아갈 수도 없고…. 어쩌면 좋지? 답답한 마음에 머리를 싸매는 순간, 다행히 한 가지 방법이 떠올랐다.

삼항사의 여자친구와 먼저 영상 통화를 하고 여자친구가 다른 휴대전화를 구해 삼항사의 어머니와 영상 통화를 연결하면 '삼항사-여자친구-어머니'로 이어지는 삼자대면이 가능하지 않을까? 다행히 결과는 성공적이었다.

"엄마, 내 얼굴 확인했으니까 얼른 신고 취소해 줘요!"

때마침 잘 굴러가 준 머리 덕에 상황은 무사히 수습되고, 우리는 맥주 한 캔을 나누며 마지막 인사를 대신했다. 배로 돌아와 막바지 하역을 마친 뒤 방에 누워 낮에 있었던 일을 곱씹었다. 그때는 '참 별일이 다 있구나' 싶었지만, 시간이 지나고 보니 우리 부모님이라도 크게 다르지 않았을 거란 생각이 들었다. 아는 사람하나 없는 머나먼 섬나라에 홀로 남겨진 아들이 얼마나 걱정됐을까. 연락이 닿지 않은 그 며칠을 얼마나 노심초사하며 보내셨을까. 실종 신고는 아마도 어머니가 할 수 있는 최선의 조치였을 것이다. 덕분에 즐거운 외출까지 하게 해준, 나에겐 그저 감사한 한여름의 실종 사건이었다.

폭발한 메인 엔진

세레나2호에서 세 번째 항차를 시작한 지도 벌써 보름이 지났다. 그러나 배 어창에는 겨우 200톤 남짓한 참치밖에 실리지 않았다. 선망선은 만선을 하면 어창 가득 약 1,000톤의 참치가 쌓인다. 한 달 동안 이 정도 어획량이면 "밥값을 했다"는 표현을 쓰는데, 꽤나 잘 잡았다는 뜻이다. 하지만 출항한 지 15일이 넘었는데 200톤이라면 매우 저조한 성적이다. 다행히 선망선의 묘미는 언제 어디서 대어를 만날지 모른다는 데 있다. 단 한 번의 기회로도 판도가 뒤집힐 수 있으니 섣부른 낙담은 이르단 말이다.

새벽부터 레이더에 새떼가 유난히 많이 잡혀 예감이 좋았다. 정해진 목적지와 항로가 있는 상선과 달리 원양어선의 목

왼쪽이 버드 레이더, 오른쪽이 마린 레이더. 버드 레이더에 붉은색으로 새가 많이 찍혀 있어서 딱 봐도 어장이 좋아 보인다

적지는 참치가 어디에 있느냐에 따라 달라진다. 5,000마일(약 9,260킬로미터)이 넘는 태평양 어딘가에서 헤엄치고 있는 녀석들을 찾아내기 위해, 선장님은 하루에도 수십 번씩 항로를 바꾸고 선속을 높였다 낮추기를 반복하셨다. 운이 좋으면 온종일 참치를 맞닥뜨리며 여러 번 투망하기도 하지만, 때로는 이삼일 동안 참치 지느러미조차 보기 힘들 때도 있다.

근 3일째 투망 한번 하지 못하고 항해만 이어가다가 드디어 어장을 발견했다. 동쪽 수평선 너머로 여명이 밝아올 무렵, 레이더에 새들이 여기저기 무리를 지어 찍히기 시작한 것이다. 누가 봐도 여기가 어장이라는 확신이 설만큼 레이더에 찍힌 새떼의 움직임이 활발했다.

"포트 10도, 7.5마일에 백파 크게 나옵니다."

"네!"

때마침 코파에서도 보고가 들어왔다. 선수를 기준으로 좌현 10도 각도, 멀리 7.5노티컬마일(약 14킬로미터) 너머에 거대한 백파가 보인다는 것이다.

"본선 스탠바이합시다, 스탠바이!"

코파에서 내려온 일등항해사님은 방금 발견한 어군만 해도 200톤이 넘어 보이고, 그 주변에도 100톤짜리 어군이 여럿 보인다며 흥분을 감추지 못했다. 근처에 다른 배도 없으니 여기서 며칠 작업하면 금세 만선할 수 있다는 계산이 나왔다. 어기 중에 몇 번 찾아오지 않는 좋은 기회를 맞닥뜨리자 평소 차분하던 선장님마저 들뜬 목소리로 오더를 내리셨다.

"자, 스키프 보트 스탠바이하고!"

그 순간, 기관장님의 다급한 목소리가 마이크를 타고 울렸다.

"메인 엔진 스탑해 주세요! 기관부 다 내려와!"

기관실 메인 엔진에 이상이 생겼으니 당장 작동을 멈춰 달라는 것이었다. 황금 어장을 코앞에 두고 하필 본선을 움직이는 메인 엔진에 문제가 생기다니…. 급히 기관실로 내려가니 기관장님이 기관사들에게 고래고래 소리를 지르고 있었다. 메인 엔진은 꺼졌어도 발전기, 냉동기, 조수기 등 수많은 장비가 돌아가는 기관실은 언제나 시끄럽다. 그런데 그 모든 소음을 뚫고 기관장님의 목소리가 귀를 때릴 만큼 선명하게 들려왔다.

"공구 가져와!!!"

참치를 눈앞에 두고도 배를 멈춰 세워야만 하는 기관장님의 분노가 느껴졌다. 기관사들이 분주히 움직이며 메인 엔진을 분해하기 시작했다. 바다 한가운데에서 배의 심장인 메인 엔진을 뜯어내는 일은 흔치 않지만, 간혹 발생한다. 노후한 선박이 많아 기기 고장이 잦기 때문에 기관사들이 밤을 새워가며 기계를 고치는 일도 다반사다.

이상이 발견된 부품을 교체하고 재조립을 마친 뒤 시운전을 해보기로 했다. 아침에 멈춰 선 메인 엔진은 오후가 다 되어서야 다시 조립을 끝냈지만, 제대로 작동만 해준다면 대어의 기회는 아직 남아 있었다. 기관 파트는 기관실에, 항해 파트는 브리지 CCTV 앞에 모여 한마음으로 기관장님의 손길을 주시했다. 드디어 메인 엔진의 시동이 걸리고, 기관장님이 압력 조정 밸브를 돌리는 순간-

'두두두두두두두두둥!!!!'

불길한 진동이 배 전체에 퍼져나갔다. 마치 바다에 지진이 난 것처럼 거대한 떨림이 이어졌다. 생전 처음 겪어보는 소리와 흔들림에 미처 '안돼!!'라고 생각할 틈도 없었다. 펑! 굉음과 함께 기

터져버린
메인 엔진

관실에서 큰 폭발이 일었다. 통신장님과 함께 급히 기관실로 달려가자 입구부터 탄내가 코를 찔렀다. 혹 폭발로 사람이 다쳤을지도 모른다는 생각에 발걸음이 빨라졌다. 도착한 기관실은 이미 외국인 선원들로 가득했는데 모두 웅성거리며 한곳을 바라보고 있었다. 그곳엔 메인 엔진 폭발로 생긴 구멍이 뚫려 있었다. 지름이 50센티미터는 족히 돼 보이는 구멍 앞에서, 기관장님이 넋이 빠진 표정으로 서 있었다.

엔진을 열어보니 기둥처럼 두껍던 쇳덩이들이 엿가락처럼 휘어 있었다. 무쇠로 된 메인 엔진이 이토록 처참히 부서질 정도의 폭발이라니! 그럼에도 다친 사람이 한 명도 없다는 것이 천만다행이었다.

애석하게도 조업은 중단되었다. 눈앞에 아무리 참치가 넘쳐나도 지금 우리는 한 마리도 건져 올릴 수 없는 처지였다. 고래고래 소리를 내지르던 기관장님 가슴에도 구멍이 뚫렸는지, 폭발 후부터 줄곧 아무 말이 없으셨다. 선장님과 통신장님이 번갈아 곁에 가서 위로의 말을 건넸고, 조리장님은 "이럴 때일수록 잘 먹어야 한다"며 특식을 준비해 주셨다.

태평양 한가운데에서 본선의 심장이 멈추면 어떤 일이 벌어질까. 동력을 잃은 배는 그대로 바람과 해류에 몸을 맡긴 채 표류할 수밖에 없다. 주변 어디에도 우리를 도울 선박은 없으니 해결책을 스스로 찾아야 했다. 본사와 지사까지 총동원된 비상대책 회의를 거친 뒤, 선단 배에서 부품을 가져다줄 때까지 본선에서 할 수 있는 모든 조치를 시도해 보기로 했다.

그렇게 세레나2호는 장장 일주일을 바람 따라, 해류 따라 태평양을 표류했다. 다행히 도착한 부품으로 메인 엔진을 임시 수리할 수 있었다. 이마저 소용없다면 영락없이 다른 선박에 끌려가는 신세가 됐겠지만, 임시 수리 후 자력으로 피지섬까지 항해해 전문 기술자의 손을 빌려 정상 컨디션을 되찾을 수 있었다.

그렇게 이번 항차는 원래 30일이면 끝날 여정이, 메인 엔진 사고로 무려 73일까지 길어졌다. 고기잡이배로선 정말 악몽 같은 상황이지만, 바다에서는 이런 일이 언제든 벌어질 수 있다.

피지섬의 그린라군

원양어선에서 어로 작업이 시작되면 선원 대부분은 갑판에 나와 그물을 사리는 양망 작업에 투입된다. 여럿이 손발을 맞춰야 하는 고된 작업이다 보니 갑판부원뿐 아니라 기관부원 항해사, 기관사까지 각자의 역할을 하며 하나의 팀처럼 달려들어야 한다. 그래서 이때만큼은 갑판을 제외한 다른 곳은 텅 비다시피 하지만 단 한 곳, 예외가 있다. 바로 기관실이다. 기계들이 멈추지 않고 돌아가고 있기에 다른 선원들이 모두 조업에 투입되더라도 기관사 한 명은 반드시 당직을 서야 한다.

선원들이 구슬땀을 흘리며 양망에 몰두하고 있던 어느 날, 당직 기관사의 다급한 외침이 들렸다.

"불이야! 불! 기관실에 불났습니다!"

바다에서 높은 파도보다 무서운 것을 꼽으라면 그건 불이다. 높은 파도는 뚫고 가거나 피해서 가면 된다. 엔진이 고장 나면 인양선에 끌려갈 수 있고, 다른 사고가 나더라도 배 안에 머물 수 있다면 어찌 됐든 최소한의 안전은 보장된다. 그러나 불은 다르다. 망망대해에선 불을 끄러 와줄 소방관도 없고 뜨거운 화염을 피해 몸을 피할 마땅한 대피처도 없기에 바다에서는 불이 가장 무서운 적이라고 할 수 있다. 그래서 배에서는 요리할 때도 가스레인지 대신 전기 열판을 사용한다.

초기에 진화하지 못하면 살길이 없기에 모두 잡고 있던 그물을 팽개치고 황급히 기관실로 뛰어갔다. 계단에 비치된 소화기를 어깨에 메고 기관실로 들어서자 실내엔 이미 뿌연 소화 연기가 가득했다. 연신 소화기를 분사하던 당직 기관사와 눈이 마주친 순간 누가 먼저랄 것도 없이 안도의 한숨이 터져 나왔다. 그의 현명한 초기 진압 덕분에 큰불은 막았지만, 발전기가 화재에 손상되는 바람에 수리를 위해 피지섬 수바항에 들러야 했다.

좋지 않은 일로 입항했지만, 일단 육지에 발을 딛는 순간 선원들 얼굴에는 해피 바이러스가 번진다. 뜻밖의 휴가에 괜히 실실 웃음이 터져 나오는 것이다. 마침 수리가 막바지에 접어들 즈음이 크리스마스라, 수리업체 직원들과 현지인 모두 휴가에 들어갔다. 덕분에 선장님과 기관장님은 일등기관사와 나에게도 반나절의 휴가를 내주셨다. 선원들 모두 돌아가면서 쉬는 것이지만 특별 외출은 언제나 기분이 좋다.

"자, 이 반나절을 어떻게 써야 잘 놀았다고 소문이 날까?"

우리는 고민할 것도 없이 일단 배를 떠나기로 했다.

오랜 선상 생활을 하다 보니 간땡이가 조금 부었던 걸까. "급한 일 있으면 전화할 테니까 휴대폰은 꼭 켜놔~"라는 일항사님의 당부가 내게는 "배는 내가 책임질 테니까 너는 맘껏 즐기고 와~"로 들렸다. 그래서 배를 벗어나자마자 휴대전화 전원을 꺼버렸다. 그러곤 몇 시간 전 호주 돈 300달러를 주고 오늘의 드라이버 겸 보디가드로 찜해 둔 메사를 만났다.

"양사, 웨얼 두 유 원트 투 고?" (이항사, 어디 가고 싶어?)

메사는 이등항해사였던 나를 '양사'라 불렀다. 나름 '이항사'를 발음하고 싶었던 것 같지만 양사라고밖에 발음하지 못했다.

"애니웨어, 유 레커멘드." (네가 추천하는 곳은 어디든 좋아.)

"오케이 베리 굿 있어! 렛츠 고!" (나만 믿어. 정말 좋은 데가 있어!)

그렇게 우리는 메사의 차를 타고 피지섬 구석구석을 돌아다녔다. 검은 모래 해변에서는 자갈처럼 굵은 모래알을 밟으며 천연 지압도 했고, <정글의 법칙> 김병만처럼 야자수 타기에도 도전했다. 보기엔 쉬워 보이던 야자수 타기는 고작 2미터 오르는 것

드라이버 겸 보디가드 메사, 그리고 한껏 들뜬 이항사와 기관사

도 힘들었다. 반대로 내려오는 건 더 힘들어서 어정쩡하게 중간에 매달려선 고래고래 소리를 질러댔다. 해변에서 재미로 메사에게 결투(?)를 신청해 한주먹에 보기 좋게 나가떨어지기도 했다.

배를 떠나 있다는 사실만으로 마음이 한없이 가벼웠다. 메사는 그런 우리를 재밌다는 듯 바라보다가 더 좋은 곳으로 데려가겠다며 갑자기 차를 몰았다. 차로 한참 달렸는데도 멈출 기미가 없자 피지섬 지리를 전혀 모르는 일등기관사와 나는 슬슬 걱정이 되었다. 들떠서 목적지도 묻지 않고 무작정 오케이를 외친 게 후회됐지만, 돌아가기에도 너무 늦은 타이밍이었다. 대체 우리를 어디로 데려가는 걸까?

우리의 걱정을 아는지 모르는지 메사의 차는 울창한 숲을 뚫고 가파른 산길을 계속 올라갔다. 더는 차가 들어가지 못하는 곳에 이르자 메사는 우리에게 내리라는 신호를 했다.

"히어?" (여기?)

일기사와 나는 눈을 똥그랗게 뜨고 동시에 되물었다. 순간 우리 머릿속엔 필시 '한국인 원양어선 선원 두 명 피지서 실종', '외출 후 마지막 행적 오리무중' 같은 뉴스 헤드라인이 떠올랐을 것이다. 메사와는 전부터 친분이 있었지만, 낯설고 음침한 숲의 기운 때문인지 자꾸만 불길한 상상이 밀려왔다. 여기라고 장기 매매가 없을까? 바다에 해적이 있듯 외국인을 노리는 납치범들이 섬에 없으란 법도 없잖아? 별별 생각을 하면서도 우리는 메사를 따라 얌전히 숲길을 걸었다. (우리 둘이 덤벼도 끄떡없을 메사의 피지컬을 보라.) 그렇게 5분쯤 걸었을까. 어딘가에서 물소리와 함께 사람들의 웅성거림이 들려오기 시작했다.

덩굴을 헤치자 눈앞이 확 트이며 열대우림에 둘러싸인 비밀스러운 계곡이 드러났다. 흐르는 물줄기가 모여 작은 연못을 이루는 곳이었는데 그 주변으로 삼삼오오 모인 사람들이 즐거운 표정으로 한곳을 바라보고 있었다. 나무에 로프를 묶어놓은 자연 점프대였다. 검은 피부의 원주민이 방긋 웃더니 타잔처럼 로프를 타고 허공을 가르기 시작했다. 그러더니 가장 높은 지점에서 손을 놓고 텀블링하며 물속으로 풍덩! 망설임 없는 그의 동작에 구경하던 사람들이 손뼉 치며 환호했다. 알고 보니 그곳은 아는 사람만 온다는 피지섬의 숨겨진 명소였다. 마치 예능 프로그램 <꽃보다 청춘>에 나왔던 라오스 방비엥의 블루라군을 연상케 해서, 우리는 그곳을 '그린라군'이라고 불렀다.

"양사! 점프 오케이?" (이항사, 한번 뛰어봐!)

메사가 나더러 어서 뛰어보라며 점프대를 가리켰다. 나는 짐을 메사에게 맡기고 점프대에 올라가 로프를 잡았다. 막상 높은 곳에 오르니 살짝 긴장도 되고 겁이 났다. 남이 뛸 때는 별것 없어 보이던 높이가 갑자기 두세 배는 높아진 것 같았다. 그래도 여기까지 올라왔는데 물러설 수는 없지. "악--!" 외마디 비명과 함께 몸을 날려 물속으로 떨어졌다. 배치기로 입수하는 바람에 자세는 엉망이었지만 사람들이 박수와 따봉으로 맞아주니 나도 모르게 웃음이 터졌다. 승선 생활 동안 쌓였던 묵은 피로가 한꺼번에 씻겨 나가는 기분이었다.

"양사, 히어 이즈 베리 굿?" (이항사, 여기 마음에 들어?)

"오브 코스! 베리 베리 베리 굿! 메사, 땡큐야, 땡큐!"

나는 그의 최애 장소로 안내받은 줄도 모르고 줄곧 의심만 했던 게 미안해 쉬지 않고 엄지를 치켜세웠다. 정글 깊숙이 숨은 아지트에서 맛본 자유로움. 10시간도 안 되는 짧은 휴가였지만 메사 덕분에 엄청난 해방감을 느낀 하루였다.

하지만 돌아오는 차 안에서 확인한 수십 통의 부재중 전화…. 배에 도착하니 기관장님이 잔뜩 뿔이 나 벼르고 계셨다. 본인도 외출을 해야 하는데 당직 설 사람이 없어 꼼짝을 못 하신 것이다. 뒤이어 이어진 일항사님의 "왜 전화를 꺼두었냐"는 잔소리. 그날로 외출 금지와 독박 당직을 서게 되었지만, 희한하게 전혀 후회되지 않았다. 자유에는 대가가 따랐지만, 절대 무를 수 없는 해방의 기쁨도 맛보았으니 말이다. 가끔은 다가올 앞일 따위 생각하지 않고 잠시 자유에 몸을 맡겼던 그때의 객기가 그립다.

나를 타잔으로 만들어준 그린라군 연못

유튜브를 시작했습니다만

'채널명을 입력해 주세요'

유튜브에 접속해 '채널 만들기'를 선택하자 입력 창이 떴다. 채널의 이름이라. 유튜브의 아주 기본적인 요구였지만 그때까지 한 번도 채널 이름을 고민해 본 적이 없던 나는 살짝 당황했다.

"음…. 뭐가 좋을까? 원양어선? 참치잡이? LETGO? 무뇌TV? 지기지기?"

내 생활과 밀접한 단어들이 두서없이 튀어 올랐지만 딱 꽂히는 이름은 아니었다. 채널의 정체성을 보여주는 동시에 효과적인 홍보 수단이 될 수 있는 이름을 함부로 지을 수도 없고…. 즐거운 고민에 빠졌다.

원양어선에는 두 가지 부류의 배가 있다. 고기를 잘 잡는 배와 고기를 못 잡는 배. 고기를 잘 잡는 배의 경우, 조업이 없는 날을 찾아보기 어렵다. 이른 새벽부터 어탐과 투망, 양망 작업이 시작되고 해가 지기 전까지, 아니 해가 지고 나서도 이어지는 경우가 많다. 그만큼 하루가 빡빡하게 흘러가고 휴식 시간이 줄어드니 선원들의 피로도나 노동 강도는 올라가지만, 대신 그만큼 어획고도 올라가기에 정산 시 말단 선원도 연봉 1억 원 정도의 임금을 받을 수 있다.

반면 고기를 못 잡는 배의 경우, 메인 엔진 사고나 기계 고장, 그물 사고 등 조업에 발목을 잡히는 일이 잦다. 또 선장님의 스타일상 레이더로 새떼를 일일이 확인하며 어탐하기보다는 그냥 지나치는 경향이 많아 유난히 항해 시간이 긴 편이다. 조업이 많지 않으니 휴식 시간도 늘어나 선원들은 몸이 덜 고단하겠지만, 그만큼 어획량이 많지 않기 때문에 정산 시 나 같은 이등항해사도 어획량이 많은 다른 배의 말단 선원보다 적은 임금을 받게 된다.

누구나 바다로 나온 이상 고기를 잘 잡고 싶지만, 성적이 좋은 배와 그렇지 못한 배는 선원들이 선택할 수 있는 것이 아니다. 유독 고기를 잘 잡는다고 소문난 몇몇 베테랑 선장님들을 제외하면 실력과 경험의 차이는 크지 않아서, 결국 고기를 잘 잡느냐 못 잡느냐는 복불복인 셈이다.

1년 조업이 어떻게 될지는 미지수지만, 내가 탄 배는 항차 내내 고기를 제법 잘 잡는 배였다. 고기를 내내 못 잡다가 갑자기 좋은 기회를 만나 어획량을 올리는 배도 있고, 잘 잡다가 어느 항차부터는 슬럼프에 빠진 듯 어획량이 좋지 않은 배도 많은데, 감사하게도 우리 선장님은 항상 고기를 잘 찾아내는 분이셨다. 하지만 이번에는 기계 고장으로 긴급 입항을 하는 등 조업하는 시간보다 항해하는 시간이 유독 많았다. 길고 지루한 항해가 이어질 때마다 선장님께선 한두 시간 정도 쉬다 오라며 자유 시간을 주곤 하셨다.

나는 이렇게 주어진 시간을 알차게 쓰고 싶었다. 전부터 선상생활을 촬영해 나만의 콘텐츠를 만들고 싶었는데, 좀처럼 기회가 없어 미루고 있던 참이었다. 나는 이때다 싶어 자유 시간이 주어질 때마다 한국에 있을 때 백화점에서 큰맘 먹고 산 노트북을 켰다. 그리곤 다빈치 리졸브 프로그램을 실행해 영상을 편집했다. '영상을 편집한다'고 했지만 그동안 모아온 영상을 자르고 붙이는 게 전부였다. '자르기'와 '붙이기' 외에는 아는 편집 기술이 없어서 폰트도 기본으로 제공하는 것만 사용했다. 그렇게 하나둘, 매우 어설픈 영상들이 탄생했다.

당직 시간에는 A4용지를 꺼내 들고 나만의 채널을 그려 나갔다. 평소에는 잠이 몰아치는 시간인데도 웬일인지 똘망똘망 정신이 맑았다. 매일 똑같던 선상 생활을 바꿔줄 탈출구를 만난 듯 나만의 채널을 만든다 생각하니 가슴이 두근거렸다.

배에서는 V-SAT이라는 위성을 통해 인터넷을 사용한다. 1메가바이트$_{MB}$의 속도로 전 선원이 나눠 사용하기 때문에 카톡 정도는 가능해도 유튜브 시청이나, 업로드 등 육지와 같은 인터넷 사용은 엄두도 낼 수 없다. 그렇게 유튜브에 영상이 쌓여갈 때 메인 엔진 고장으로 피지섬에 들어가게 되었고, 그곳에서 SIM 카드를 구입해 훨씬 빠른 인터넷을 사용할 수 있었다.

'채널명을 입력해 주세요.'

이제 나만의 채널을 시작할 시간이었다. 장고 끝에 입력한 이름은 램프$_{RAMP}$. 운전하다 보면 램프라는 단어를 자주 만나게 된다. 국도에서 고속도로로 진입하기 위해 꼭 거쳐야 하는 굽이진 길. 입체 교차하는 두 개의 도로를 연결하는 도로의 경사진 부분을 램프라고 한다. 지금은 느린 국도 같은 내 인생이지만, 언젠가는 진입할 고속도로로 가기 위한 여정을 담아낸다는 뜻에서 램프라는 이름을 붙였다. 하지만 사람들에게 상세하게 설명하기는 어려울 것 같아 영어 사전을 펼치고 뜻을 하나하나 짜맞추기 시작했다.

R: Record - 기록하다

A: All - 모든

M: My - 나의

P: Passions - 열정을

짓고 보니 그럴듯한데? 그렇게 RAMP는 'Record of All My Passions'라는 멋진 뜻을 새기고 세상을 향한 첫 도약을 했다.

원양어선에는 어김없이 고기를 못 잡는 좌절의 시간이 찾아온다. 그런데 이번 항해에선 메인 엔진 사고까지 터져 불행의 연속이었다. 배에 갇힌 채 속수무책으로 강제 휴가를 보내야 하는 나날. 지루한 그 시간을 선원 대부분은 외장 하드에 담아 온 영화나 드라마를 보면서 지냈다. 예전이라면 나도 별반 다르지 않았겠지만, 이날 이후 나는 비어 있는 외장 하드를 내 이야기로 채워 나가기 시작했다. 돌아보면 참 묘하다. 메인 동력을 잃어 울며 겨자먹기로 끌려온 섬나라에서 나만의 브랜드를 만들고, 그 브랜드가 삶에 새로운 동력이 되고 있다니 말이다. 말이 좋아 나만의 브랜드지 그때는 정말 형편없는 초등학생 수준의 영상이었지만.

그로부터 어느덧 8년이 흘렀다. 그해의 정산금이 다른 배들의 절반밖에 안 됐던 기억이 난다. 월 1,000만 원씩 벌어온 동기들에 비해 나는 고작 500만 원의 월급을 받은 꼴이었지만 8년이 지난 지금 나는 선장 진급을 앞둔 일등항해사로 승선 중이며, 그때 만들었던 보잘것없이 작은 채널도 어느덧 15만 명이 넘는 구독자와 함께 꾸준히 성장 중이다. 지금의 나를 기억하는 사람은 많지만 그 당시의 RAMP를 기억하는 사람은 많이 없을 것이다. 나는 8년의 시간 동안 천천히 그리고 꾸준히 나의 길을 걸어왔고, 지금도 걸어가고 있다.

굿은날이 이어져도 언젠가는 반드시 태양이 뜨듯이 절망 속에서도 희망의 꽃은 피어난다. 다만 지금은 너무 작은 씨앗이라 그 꽃이 보이지 않을 뿐이다. 씨앗이 자라 싹이 트고 꽃을 피우고 자라나 열매를 맺기까지 나는 성실하게 물을 주고, 볕을 쬐어 주고, 벌레를 잡아 줘야 한다. 인고의 시간 뒤에도 바라던 꽃을 못 볼 수 있고 열매가 맺지 않을 수 있지만, 분명한 건 기다림의 시간 없이 꽃과 열매를 볼 수는 없다는 거다. 지금 내가 하는 일이 하찮아 보여도 포기하지 않고 계속하면 된다. 주위에 잘나가는 어느 누구와도 비교할 필요가 없다. 어제의 나보다 조금만 더, 한발만 더 앞으로 가면 된다.

폭풍이 온다

"헷또야, 라싱[21]좀 다시 하고 앵커 점검 좀 하자!"

"네~ 라싱 피니쉬요!" (라싱 다시 했어요!)

고요하던 피지섬 수바항의 묘박지가 유난히 분주했다. 예보에 따르면 오늘 밤 우리가 묘박 중인 수바항에 태풍이 관통한다고 했다.

오후가 되자 피항 오는 배들이 점점 늘어났다. 앵커를 점검하고 다시 내리는 배까지, 태풍 피해를 최소화하기 위한 준비로 수바항 전체가 북적였다. 우리 배의 갑판장님도 헷또를 불러 선용품을 덮고 있는 커버가 날아가지 않도록 라싱을 단단히 지시하고 앵커를 점검했다.

---

21 Lasshing. 화물을 밧줄을 이용해 단단하게 고정하는 일.

태평양 조업지는 보통 적도 부근의 저위도다. 태풍이나 사이클론 같은 열대 저기압이 아주 작은 크기로 생성되는 곳이라 직접적인 피해는 크지 않다. 또 조업 중에 날씨가 안 좋아지더라도 표박漂泊을 하거나 날씨가 좋은 곳으로 피항을 가면 된다. 하지만 지금처럼 입항한 상황에선 좁은 묘박지에서 배를 움직이기도 쉽지 않아서 태풍이 오기 전에 철저하게 대비하는 수밖에 방법이 없다.

분주한 시간이 지나가고 어느덧 수바항에 어둠이 내려앉았다. 선박들의 대비를 도와주던 수바항의 파일럿 보트들은 어느새 온데간데없이 사라지고, 태풍 대비를 마친 선박들에 얌전한 불이

켜졌다. 심상찮은 바람만 간간이 불어올 뿐 오전에 분주했던 항구가 맞나 싶을 정도로 고요했다. 이게 바로 폭풍전야인가…?

선장님께서 비상 당직 체계로 당직을 서자고 하셔서 한 타임당 두세 명이 함께 당직을 서도록 했다. 여차하면 위험을 회피해야 하는 순간을 맞닥뜨릴 수도 있어서 만약을 위해 메인 엔진까지 시동을 걸어 뒀다.

오후 11시, 당직 시간에 브리지로 올라오니 선장님은 저녁 이후 줄곧 방에 들어가지 않고 계속 날씨를 파악하고 계셨다. 태풍은 진행하는 방향을 기준으로 오른쪽을 위험 반원이라고 하고, 왼쪽을 안전 반원이라고 한다. 위험 반원은 태풍이 진행할 때 특히 바람이 강해 항해에 위험을 주는 구역으로, 북반구에서는 태풍의 진행 방향을 기준으로 우측 반원이 위험 반원이지만, 남반구인 피지섬에서는 반대로 좌측 반원이 위험 반원에 해당한다. 즉 북반구와 남반구는 반대로 생각해 대비해야 하는 것이다.

예보에 따르면 태풍의 좌반원이 먼저 우리 배를 지나가고 이후 태풍의 중심, 태풍의 우반원 순으로 지나갈 것이다. 위험 반원인 좌반원이 지나갈 때를 잘 넘긴다면 모두가 무사할 것이었다. 선장님은 풍향 풍속계와 선수에 있는 풍향계를 번갈아 보시며 이 미세한 차이를 느끼기 위해 브리지를 떠나지 않고 현재 태풍이 어느 지점을 통과하고 있는지 예측하고 계셨다.

풍향 풍속계를 보니 평균 풍속이 40미터퍼세크m/s에 달했고 최대 순간 풍속은 50미터퍼세크를 훌쩍 넘기기까지 했다. 드디어 태풍의 위험 반원이 우리 코앞에까지 도착했다는 것을 느낄 수 있었다. 밤하늘에 구멍이라도 난 듯 쉴 새 없이 비가 쏟아졌다. 비바람이 너무 강해서 창문이 깨지지나 않을까 걱정이었다. 레이더와 전자해도를 가장 작은 스케일로 바꾼 뒤 앵커가 밀리는지 예의 주시했다. 비바람이 내리치는 방향의 반대쪽 문을 열자 가까운 곳에 정박해 있던 다른 배들이 강한 비바람을 이겨내지 못하고 떠내려가는 게 보였다. 앵커가 끌리는 탓에 질질 떠내려가던 배는 눈에 보이지 않는 암초 사이에 얹히면서 반쯤 쓰러질 듯이 기울고 나서야 멈춰 섰다. 한밤중의 폭풍은 그렇게 난리법석을 떤 후에야 지나갔다.

다음날, 고요한 아침 햇살이 수바항 묘박지를 비췄다. 산봉우리에는 둥근 무지개가 걸쳐 있었다. 밤사이 좌초돼 버린 배 몇 척을 제외하면 언제 폭풍이 지나갔나 싶게 조용했다.

우리 배는 폭풍이 온다는 것을 알고 평소와 다르게 비상 체계로 당직을 서며 대비한 덕분에 안전할 수 있었다. 만약 우리 배의 앵커가 전날 본 배처럼 끌려갔더라도 비상 당직 체계 덕에 발 빠

좌초돼 암초 표식이 되어버린 선박

른 대처가 가능했을 것이다. 하지만 다른 배는 상황이 달랐다. 출항할 때 보니 밤사이 태풍에 떠내려가 좌초된 배는, 우리가 가는 항로 옆에 암초가 있다는 것을 알려주는 표식이 되어 있었다. 아마도 정상 운항을 하려면 수십 일은 족히 걸릴 것이었다. 그마저도 좌초에서 꺼내 줄 터그선이나 해상 크레인이 있는 경우라면 불행 중 다행이지만, 피지섬에서는 그 정도의 장비를 구하기 쉽지 않으니 어쩌면 다음 입항 때 같은 자리에서 좀 더 녹슨 모습으로 마주할지도 모를 일이다. 조업 일정에 엄청난 타격을 입는 것이다. 태풍 대비에 만반을 기울이지 못한 배의 운명은 이토록 가혹하다.

바다는 두 얼굴을 가지고 있다. 평소엔 우리에게 필요한 자원을 아낌없이 내어주는, 한없이 자애로운 어머니의 얼굴이다. 하지만 언제 어디서 갑자기 평온한 수면을 뒤집고 집채만 한 파도로, 폭풍우로 선박을 덮칠지 모르는 폭군의 얼굴 또한 갖고 있다. 바다는 자신이 품은 모든 걸 말없이 주기만 하다가도 한순간에 우리가 가진 모든 것을 앗아갈 수도 있다. 설령 그것이 목숨일지라도 말이다.

슬기로운 텃밭 생활

유난히 태양이 강렬한 정오의 바다 위. 만선을 한 세레나2호는 여유롭게 연안국을 향해 가고 있었다. 이미 어창이 가득 차 더는 조업할 필요가 없었지만, 그렇다고 할 일이 전혀 없는 건 아니었다. 틈틈이 배를 보수하고 시설을 관리하는 것 또한 선원들의 몫이었고, 비닐하우스를 돌보는 일도 그 일부였다.

텃밭 관리 담당이었던 나와 통신장님은 안전모 대신 뜨거운 햇볕을 가려줄 밀짚모자를 쓰고 선상 텃밭으로 향했다. 이중 갑판 한쪽에는 가로 3미터, 세로 1미터 남짓한 비닐하우스 두 동이 자리 잡고 있었다. 목수 뺨치는 솜씨를 가진 선원들이 합판을 이어 붙이고 대나무 살로 틀을 세워 만든 작은 온실이었다. 고작 한 평 남짓한 흙밭이지만 깻잎, 고추, 상추, 쌈배추, 청경채, 당귀까지

초록 기운이 가득한 원양어선의 비닐하우스

다양한 채소가 무럭무럭 자라고 있었다.

"이야~!"

이틀 전에 뿌린 씨앗이 벌써 싹을 틔웠다. 무더운 이곳의 기후가 식물의 성장에 잘 맞는지 흙 위에 가지런히 돋아난 새싹들은 눈 깜짝할 새에 자라 훌륭한 먹을거리가 되어 준다.

줄곧 배 안에서만 생활해야 하는 원양어선에선 초록빛 식물이 주는 위안이 크다. 사방 천지가 물뿐인 이곳에 옮겨 놓은 작은 육지 같아서, 선원들은 좀처럼 밟지 못하는 흙 위에서 무럭무럭 자라나는 싱그러운 채소들을 기특한 눈으로 바라보곤 했다. 게다가 부식으로 받는 채소들은 금세 시들고 상해 버리기 때문에 텃밭

채소들을 더 애지중지하며 돌보게 된다.

조리장님께서 오늘 저녁 메뉴는 삼겹살이라며 채소를 많이 따 오라고 주문하셨다. '똑.' '똑.' 검지와 엄지에 살짝만 힘을 주어도 이파리가 손쉽게 떨어졌다. 잎이 떨어져 나간 자리엔 다시 새로운 잎이 자랄 것이었다. 슬기로운 식테크랄까.

조리장님께 소쿠리 가득 채소를 전달한 뒤에는 비닐하우스 보수에 들어갔다. 사방에서 해수가 튀어 오르는 선상에서의 농사는 고난도 관리가 필요하다. 태평양의 계절은 언제나 여름. 그 안에도 미세한 차이의 봄-여름-가을-겨울이 있는지는 몰라도, 우리가 체감하기엔 매일이 한결같이 무더울 뿐이다. 날씨가 궂은 날에는 사방에서 몰아치는 파도가 비닐하우스를 덮치는데, 소금물이 잎사귀에 닿기만 해도 금세 노랗게 삭아 버린다. 게다가 배에서 사용하는 청수는 조수기를 거쳐 얻는데, 발전기의 잠열을 식히며 생기는 수증기를 모아 만든 물이라 영양분이 전혀 없다. 이 모든 것을 감안하고 관리해야 하니 선상 농사는 까다롭기가 그지없다.

뜨거운 태양열에 시들지 않게 매일 물을 주고, 해풍에 상하지 않도록 아침저녁으로 비닐하우스를 단속했다. 병충해를 막으려면 영양제도 챙겨와 뿌려야 한다. 고작 한 평 남짓한 텃밭을 지키는 데 필요한 선상 농부의 노력이 이 정도다.

새로운 씨앗은 작은 포트에 흙을 담아 파종했다. 곧장 하우스 흙에 심을 수도 있지만, 포트에서 먼저 키워야 뿌리가 튼튼히 자리 잡고 수확량도 많아진다. 배가 흔들려도 쓰러지지 않도록 긴 대나무를 일정하게 잘라 상추와 고추, 깻잎 등에 지주대를 세워 주었다. 바다에선 꽃을 수정해 줄 꿀벌도 없기 때문에, 페인트 붓을 작게 잘라 꽃에서 꽃으로 화분을 옮겨주는 꿀벌 역할도 직접 해줘야 한다. 고추가 열리려면 꼭 거쳐야 하는 과정이다. 그렇게 하나하나 수분을 끝내면 며칠 뒤 작은 고추들이 여기저기 앙증맞게 매달린 모습을 볼 수 있다.

얼마나 시간이 흘렀을까. 통신장님이 온몸에 묻은 흙을 털어내며 마무리하자는 신호를 보냈다. 드럼통에 모아둔 빗물을 물뿌리개에 담아 텃밭에 골고루 뿌려 주었다. 모두 지난 1년간 배 위에서 터득한 노하우였다. 원양어선에서 고기 잡는 법과 농사짓는 법을 동시에 익힌 셈이다. 하우스 텃밭을 관리하는 일은 시간과 정성이 들지만, 지루한 선상 생활에 활력을 불어넣고 소소한 행복을 안겨주는 특별한 임무다. 덕분에 선원들은 건강한 채식을 할 수 있고 말이다. 지글지글 익어가는 삼겹살과 막 따온 쌈채소. 상상만 해도 침이 고이는, 환상의 궁합이다.

코로나 비상 사태

2019년, 코로나바이러스가 발생했다. 아무도 몰랐을 것이다. 중국 우한에서 처음 보고된 이 바이러스가 전 세계를 그렇게 빠르고 무섭게 마비시킬 줄은 말이다.

때마침 피지섬을 떠나 망망대해를 항해하던 우리 배는 바이러스로부터 가장 안전한 곳에 있었다. 선원들 말고는 외부인과의 접촉이 전혀 없는 고립된 선박 생활이, 이렇게 장점으로 작용하는 날이 올 줄이야…. 바이러스가 바람을 타고 오지 않는 한 우리 배에 승선하는 일은 없을 테니 말이다.

금세 사그라질 거라 여겼던 바이러스의 기세는 꺾일 줄을 몰랐다. 공항이 통제되고, 학교가 폐쇄되고, 마스크와 백신이 동이 나 육지에서는 난리가 벌어지고 있다는 뉴스를 접할 때마다 여기가 바다 한가운데여서 다행이라는 생각을 했다.

그럼에도 불구하고 몇 가지 문제는 있었다. 만선을 하면 연안국에 입항해 하역을 해야 하는데, 연안국들이 공항과 항구를 모두 폐쇄하는 바람에 만선을 해도 받아주는 곳이 없었다. 섬나라들의 대처는 어떤 선진국보다 발 빨랐다. 인구가 고작 2만~5만 명에 불과하고, 의료시설조차 변변치 않은 나라에서 전염병이 돌면 나라의 존립 자체가 위협받을 수 있기 때문이다. 그래서 폐쇄조치 초기에는 만선을 한 배들이 어쩔 수 없이 한국까지 돌아가 하역을 하기도 했다. 다행히 시간이 지나면서 비대면 입항이나 별도로 지정한 해역에서의 해상 하역 같은 조치가 마련돼 조업을 이어갈 수 있었다.

두 번째 문제는 어느덧 선원들의 어기 종료 시점이 다가온다는 점이었다. 원양어선 선원들의 계약 기간은 보통 14개월. 어기가 종료되면 연안국으로 새로운 팀이 비행기를 타고 와 교대하고, 기존 선원들 역시 비행기를 타고 귀국길에 오른다. 하지만 코로나로 연안국의 항구와 공항들이 폐쇄된 상황에서는 어기가 종료된다 해도 새로운 팀이 이곳으로 올 방법도, 우리 팀이 귀국할 방법도 요원했다. 이를 해결하기 위해 한국에서는 출항하는 운반선에 교대 팀을 태워 나오고, 기존 팀은 데려가는 식으로 해상 교대가 이루어졌지만, 시간이 너무 오래 걸린다는 게 문제였다. 빨라야 한 달, 늦게는 서너 달씩 교대가 지연되다 보니 일주일이면 완료했던 과거에 비해 효율이 말이 아니었다.

게다가 설령 한국에 들어간다 해도 밤 9시 통금이 시행되는 판국에 자유롭게 돌아다니긴 어려울 터였다. 뉴스에서 매일같이 갱신되는 감염자 수와 사망자 수를 듣다 보면 정말 지구가 멸망하는 건 아닐까 의심이 들었다. 이런 상황에서 과연 한국에 들어가는 게 옳은 판단일까? 세계 어디를 둘러봐도 지금은 태평양만한 안전지대가 없는 것 같았다.

세계적 위기 속에서도 시간은 흘러 드디어 2020년 7월, 14개월의 조업이 끝나고 교대를 해야 하는 시점이 다가왔다. 어기 교대가 가까워지면 회사에서는 이메일로 선원들에게 연장 승선 의사를 묻는다. 각자의 사정에 따라 다르지만, 내 또래 한국 선원들은 특별한 이유가 없는 한 대부분 귀국을 선택한다. 승선 14개월쯤 되면 누구라도 집에 가고 싶어 안달이 나기 때문이다.

하지만 나는 재승선을 희망한다고 회신을 보냈다. 이런 시국에 귀국한들 자유롭게 여행할 수 있는 것도 아니고, 감염 우려에 두문불출 집에만 있다면 휴식하는 기분조차 들지 않을 게 뻔했다. 그럴 바에야 차라리 코로나가 끝날 때까지 바다에서 머무는 편이 낫겠다고 생각했다. 세계에서 하나뿐인(?) 코로나를 모르는 남자가 되는 거다!

그렇게 2019년 3월에 승선한 나는 2023년 2월에 하선하기까지, 꼬박 47개월, 무려 4년에 이르는 긴 시간을 승선했다. 코로나가 그렇게 오래 갈 줄은 몰랐다. 결국 나는 코로나가 발생한 뒤 종결, 아니 '위드 코로나'로 전환될 때까지 계속 바다와 배에 머물렀다.

다행히 코로나19는 이제 그 위세가 꺾여서 감기처럼 우리 일상에 남아 있다. 먼발치에서 지켜보기만 했기에 코로나 때문에 한국이 얼마나 떠들썩했는지, 전 세계가 얼마나 힘든 싸움을 했는지 나는 어림잡아 짐작만 할 뿐이다. 그래서인지 한국에 돌아왔을 때는 갓 깨어난 냉동인간이 된 것 같았다. 귀국해서 처음 키오스크를 접했는데, 어찌나 신문물 같던지 꼭 내가 미래 사회에 타임머신을 타고 온 구식 인간처럼 느껴졌다.

그래도 장기 승선하는 동안 꼬박꼬박 모은 월급과 세 차례의 정산은 내게 든든한 기반이 되어 주었고, 긴 시간 동안 세레나2호에서 경험한 여러 가지 일들로 나는 한층 더 성장할 수 있었다. 어쩌면 그 시절의 나는 세상과 괴리된 채 살아온 냉동인간이 아니라, 더 멋진 모습으로 거듭나기 위해 껍질 속에서 조용히 인내한 번데기가 아니었을까.

3장

뜻밖의
장기 승선

모든 치유에는 소금물이 필요하다 : 땀, 눈물, 그리고 바다.
The cure for anything is salt water : sweat, tears, or the sea.

_아이작 디네센

고마운 바다

"안녀엉~~~! 잘 가요오!"

멀어져가는 운반선을 향해 크게 손을 흔들었다. 기존 세레나
2호 선원들을 태운 운반선이 점점 수평선 너머로 사라지고 있었
다. 코로나19 여파로 연안국 입출항이 어려워 해상에서 어기 교
대가 이루어졌다. 기존 선원들은 운반선으로, 운반선을 타고 나온
새로운 선원들은 세레나2호로 옮겨탔다. 나는 세레나2호의 기존
선원이자 새로운 선원이었다. 코로나19로 인해 연장 승선을 선택
하면서 지금까지 18개월을 승선한 세레나2호에 14개월을 더 승
선하게 된 것이다.

선장님과 일등항해사, 이등항해사, 기관장님, 이등기관사가
교체되었다. 나를 제외한 한국인 선원 전원이 교체된 셈이다. 인

도네시아, 베트남 선원들은 계약 기간이 2년이고, 필리핀 선원은 1년이지만 모두 코로나 때문에 계약을 연장해 그대로 남았다. 그간 정을 나눈 동료와의 이별은 아쉬웠지만 새로 승선한 이들과 나누게 될 이야기는 또 다른 경험을 선사할 것이다. 무엇보다 중요한 건, 누가 타든 세레나2호의 본질은 변하지 않는다는 사실이다. 바다에서 고기를 찾고 잡는 것, 그것이 우리가 이 배를 타는 이유였다.

여느 때처럼 레이더 앞에서 어탐을 하고 있던 날이었다. 레이더가 고장 난 것도 아닌데 유난히 새가 보이지 않았다. 이런 날이면 선장님도 브리지에 잘 나오지 않으셨고, 코파를 지키는 일등항해사님도 말수가 줄곤 했다. 덕분에 새로 승선한 이등항해사 경서 형님과 여유롭게 이야기를 나눌 수 있었다.

경서 형님은 마흔 살로 한국해양수산연수원 '오션폴리텍' 과정을 수료하고 뒤늦게 원양어선에 올랐다. 일반적으로 원양어선에 승선하기 위해서는 해기사면허가 필요한데 수산, 해양고등학교나 승선학과가 있는 대학교를 다니면서 관련된 항해, 운용, 법규 등 교육을 받아야지만 해기사면허를 취득할 수 있는 자격이 주어진다. 이런 요건으로 인해 해기사는 일반인이 다가가기 어려운 직업군인데 한국해양수산연수원의 오션폴리텍 과정이 그 거리를 좁혀준다. 오션폴리텍 과정은 예비 선원, 항해사, 기관사를 지망하는 일반인에게 실제 어선과 유사한 환경에서의 어구 운용, 항해와 기관 관리 등을 교육하고 해기사면허를 취득할 수 있는 승선경력의 자격요건을 부여한다.

경서 형님은 이 과정을 수료하고 원양어선에 오른 늦깎이 항해사였다. 하지만 선망선에 늦게 올랐을 뿐, 해기사로서는 10여 년간 다양한 종류의 배를 타며 경험을 쌓은 베테랑이었다.

"형님은 왜 처음부터 선망선에 오르지 않았어요?"

원양어업은 출신과 지역을 많이 따지는 세계다. 요즘은 많이 달라졌지만, 예전에는 특정 수산계 고교나 대학 출신이 아니면 진급이 힘들었다고 한다. 그런 곳에 연줄 하나 없이 연수원 출신으로 들어온다는 건 결코 쉽지 않은 일이었다. 부당한 대우를 받거나 보이지 않는 벽을 느꼈을 법도 했다. 조심스레 던진 내 질문에 형님은 덤덤한 미소를 지으며 지난날을 풀어놓기 시작했다.

경서 형님은 낚시로 참치를 잡는 연승선을 시작으로, 그물을 끌어서 명태와 돔 등 여러 어종을 잡는 트롤 어선에도 올랐다고 했다. 그뿐 아니라 배를 끌어주는 예인선과 한국과 일본을 오가는 여객선에도 승선했다고 하니 대학교를 졸업하고 줄곧 선망선에만 몸담았던 나로서는 형님의 이야기 하나하나가 새로웠다.

"현무야, 내가 트롤 어선을 탔을 땐 조업지가 북태평양이었어. 남태평양하곤 달리 너무 추운 곳이지. 명태를 잡아서 몇 마리를 브리지 창문에 매달아두면 얼었다 녹았다를 반복하다가 어느새 딱딱하게 굳어버려. 거기에 해수가 튈 때마다 명태를 샤워시켜주니까 따로 소금 간을 할 필요도 없어. 어느 정도 명태가 마르면 선장님이 '삼항사, 한 마리 구워 봐라' 하시거든? 그럼 밖에 나가서 꽁꽁 언 명태를 똑 떼어내지. 그리고 그걸 뱃전에서 마구 두드려 펴는 거야. 그런 뒤에 껍질을 싹 벗겨서 토치로 노릇노릇 구워내면… 그 냄새가 진짜 죽여. 선장님께 그걸 탁 갖다 드리면 얼마나 좋아하시던지."

"와…. 진짜 맛있겠네요?"

형님이 어찌나 설명을 잘하던지 듣기만 해도 입안에 군침이 돌았다. 텅텅 뱃전을 울리는 명태의 단단한 질감, 토치 불길에 노릇하게 익어가며 풍기는 고소한 냄새까지 그대로 전해졌다. 내가 육지에서 사람들에게 갓 잡은 참치를 먹는 얘기를 하면 다들 '한 입만!' 하는 표정을 짓곤 했는데, 이때 내 반응이 딱 그랬다.

형님은 씩 웃더니 말을 이었다.

"근데 더 끝내주는 게 뭔지 알아? 어장이 살짝 바뀌면 특정 해역이 있는데, 거기로 가면 그물에 킹크랩이 덩어리째 올라와."

트롤 그물은 해저 밑바닥을 훑고 지나가기 때문에 특정 어종만 잡는 게 아니라 그 안의 생물들을 몽땅 쓸어 올린다. 명태뿐 아니라 게와 다른 혼획 어종이 뒤섞여 올라오는데, 킹크랩까지 있다는 소리에 감탄이 절로 나왔다.

"와… 진짜요?"

"킹크랩이 올라오면 먹기 불편한 몸통은 다 버리고 살이 통통하게 찬 다리만 모아서 삶아 먹는 거야."

"와… 그건 못 참죠."

게라면 사족을 못 쓰는 나는 그 순간만큼은 선망선을 때려치우고 트롤선으로 옮길까, 진지하게 고민할 정도로 매력적인 이야기였다.

"신기하게 특정 수역에 들어가야만 잡혀서 늘 먹을 수 있는 건 아니었어. 그래도 그곳에 닿기만 하면 며칠 동안은 배가 온통 킹크랩 파티였지."

배마다 조업 방식도, 잡히는 어종도 다르다. 같은 원양어선이라도 내가 알지 못하는 세계가 이렇게 다양하다는 사실이 새삼 신기했다.

"현무야, 나는 바다가 참 고마워."

한참 신나게 이야기를 풀어내던 형님이 문득 목소리를 낮추며 온화한 표정을 지었다.

"연승선도 타보고, 트롤도 타보고, 예인선도 타보고, 여객선도 탔잖아. 그리고 지금은 선망선에 타서 이렇게 너를 만나고. 10년 동안 바다에서 일하면서 돈도 벌고, 아내를 만나 결혼도 하고, 아이도 낳았어. 내가 먹고살 수 있게 해주고 안정된 가정을 꾸리게 해주는 게 결국 바다더라? 그래서 나는 늘 바다한테 감사해…"

무심한 듯 툭툭 던지는 형님의 한마디 한마디가 묘하게 가슴에 꽂혔다. 그동안 나는 바다가 아름답다고는 여겼어도 감사하다는 생각은 한 번도 하지 못했다. 그저 매일 24시간 바라봐야 하는 익숙한 풍경, 고군분투해야 하는 삶의 현장으로 여겼을 뿐이다. 하지만 경서 형님을 통해 처음으로 바다를 하나의 존재로 바라보게 된 것 같다. 해양 종사자로서 진심으로 바다에게 미안하고 감사한 마음을 품게 되었다.

이제는 나의 삶에 없어서는 안 될 바다. 매번 눈앞에 펼쳐지는 끝없는 조업지를 바라볼 때마다 생각한다. 이렇게 넓고 풍요로운 바다를 일터로 삼을 수 있다는 건, 나에게 더없는 영광이라고.

택배 왔습니다

"스키프 보트, 렛 고~"

격전의 조업 때와는 다르게, 차분한 목소리로 출발 신호가 떨어졌다. 보트 끝에 조업용 그물을 매달지 않고 오직 보트만 출발하는 것도 평소와 다른 모습. 보트 안에는 흔히 '목고'라고 부르는, 짐을 나르기 위한 소형 그물[22]이 여럿 실려 있을 뿐이었다. 지금은 비었지만, 돌아올 땐 목고 가득 탁송품들이 실려 있을 예정이었다. 그렇다. 이날은 모두가 손꼽아 기다리는 '택배 받는 날'인 것이다.

참치잡이 선망선은 2~3개월에 한 번씩 정기적으로 운반선을

---

22 Cargo Net. 하역망이라고도 한다.

운반선에서 스키프 보트로 탁송품을 옮겨 싣는 모습

만난다. 한국에서 출항한 운반선이 소모품, 주식과 부식, 기계 부속품 등을 싣고 오는데, 특별하게는 가족이나 친구들이 보내주는 개인 탁송품도 받을 수 있어서 선원 모두가 학수고대하는 날이다. 육지에서 날마다 받는 택배도 반가운데 2, 3개월이나 걸려 도착한 물품들은 오죽할까. 선원들의 그 기대와 설렘을 국가대표의 태극기처럼 가슴에 품고 스키프 보트가 운반선을 향해 출발했다.

각 선단에 나눠줄 물품을 가득 싣고 한국을 출발한 운반선은 태평양에서 조업 중인 배 한 척 한 척을 찾아다니며 탁송품을 전달한다. 운반선이 인근 해역에 도착하면 본선은 스키프 보트로 접근해 탁송품을 전달받는다. 해상에서 작업이 이루어지기 때문에 야간이나 날씨가 나쁠 땐 안전에 더욱 유의해야만 한다. 소형 선박인 스키프 보트에 실을 수 있는 선적량은 한계가 있어 한 번에 많아야 6~7개의 목고밖에 가져오지 못한다. 그래서 여러 번 운반선과 본선 사이를 오가며 탁송품들을 실어 날라야 한다.

스키프 보트의 운전은 조기장이 한다. 조기장은 배의 일등기관원으로 기관부원들의 대장이다. 배에서 용접이 필요하거나 고장 난 것이 있을 때 가장 먼저 찾는 사람이기도 하다. 대부분 조기장은 외국인 선원이지만, 경력도 많고 한국말도 곧잘 알아들어서 일반 외국 선원에 비해 임금이 2배, 많게는 4배 높은 경우도 있다. 원양어선에서는 실력과 경력이 곧 그 사람의 가치인 것이다.

스키프 보트가 비어 있던 목고에 차곡차곡 수하물 상자들을 싣고 본선으로 돌아왔다. 개인 탁송품에는 받는 사람의 이름이 큼지막하게 적혀 있는데, 선원들은 그물 사이사이로 박스 이름이 흘깃 보일 때마다 이번에는 무슨 물건이 왔는지, 내 탁송품이 저기 있진 않은지, 잔뜩 기대하는 얼굴이었다.

일등항해사가 본선에 있는 카고[23]를 이용해 스키프 보트에 있는 목고를 옮기자 넓은 갑판이 금세 택배 상자들로 가득 찼다. 스키프 보트가 한 번 다녀가면 갑판이 가득 찰 정도이니 다음번 스키프 보트가 오기 전까지 서둘러 정리를 마쳐야 했다. 이때는 모

---

23 Cargo. 크레인과 같은 역할을 하는 선상 기계.

목고 그물 사이로 박스에 적힌 이름이 보일 때마다 마음이 설렌다

든 선원이 달려들어 일사불란하게 짐을 나르는데, 한국어를 잘 모르는 선원도 많기 때문에 어떤 물건인지, 어디에 둬야 하는지를 일일이 설명해 주어야 한다. 선원들을 일렬로 세워 인간 컨베이어 벨트를 만들고, 상자를 건넬 때마다 "식당", "창고", "조타실" 이렇게 상자의 목적지를 말해주는 식이다.

"드라이."

"드라이."

"드라이."

드라이 창고로 보내라는 최초의 오더가 떨어지면 외국 선원들은 구호를 외치듯 따라 하며 물건을 옆 사람에게로 전달했다. 그

런 식으로 각 물품의 자리를 찾아주며 빠르게 갑판을 정리해 나
갔다.

"님, 이거 어디요?" (이항사님, 이거 어디에 둘까요?)

"그거 마이 탁송이야! 마이 프렌드 서비스. 마이 룸 인사이드
오케이?" (그거 내 거야. 내 친구가 보내줬어. 내 방으로 옮겨 줘.)

"오케이~ 마이 룸 인사이드~" (알겠어요, 내 방에 가져다 놓을게요~)

"아냐. 마이 룸, 마이 룸, 이항사 룸!" (아니 내 방에 가져다 놓으라고!)

"와따~ 이항사님 룸에 이빠이야~" (방에 이미 한가득 있잖아요~)

"나중에 서비스 있어! 노프라블럼! 오케이?" (나중에 나눠줄 테니
걱정하지 마! 유튜브 찍어야 한다구~~~!)

외국인 선원은 개인 탁송이 많아 부럽다며 제법 농담도 할 줄
알았다. 나중에 꼭 맛있는 거 챙겨 달라며 개인 탁송품을 내 방으
로 열심히 옮겨 주어서, 부식으로 온 음료수와 간식을 많이 나눠
주었다. 3~4시간가량 탁송품을 정리하고 나니 어느새 비어 있던
식냉(채소를 보관하는 냉장고)과 육고(육고기나 냉동식품을 보관하는 냉동고)
가 가득 찼다. 갑판 물품과 기관 물품도 몇 달 동안 조업해도 끄떡
없을 만큼 채워졌다.

모처럼 운반선을 만나 정기 청구품을 받게 되면 가장 크게 달
라지는 건 밥상이다. 석 달 만에 푸릇푸릇한 채소들이 한 상 가득
올라온다. 오래 두고 먹지도 못하니 아껴 먹을 필요도 없다. 채소

류는 금방 상해 냉동 보관할 수도 없기 때문이다. 그래서 부식이 들어온 첫날만큼은 깐깐한 조리장님도 아낌없이 푸짐한 한 상을 차려 주신다. 온종일 땡볕 아래서 고생한 선원들도 이날만큼은 원 없이 푸른 채소를 먹을 수 있다.

운반선이 올 때마다 선박의 모든 저장고와 개인 사물함이 꽉 꽉 채워졌다. 그에 따라 몸도 마음도 만땅으로 충전된 배터리처럼 풍요로워졌다. 운반선은 먼바다에 있는 우리를 회사와 가족들이 잊지 않고 있다는 증표 같았다. 육지와 우리를 이어주는 든든한 보급선 덕분에 내일의 바다가 두렵지 않았다.

두근두근 언박싱

"이게 대체 몇 개야?!!"

방을 함께 쓰는 이항사의 입이 떡 벌어졌다. 방 안 가득 산처럼 쌓인 내 탁송품을 보며 하는 소리였다. 머나먼 타국에서 고생하는 동생을 위해 누나가 손수 포장해 보내준 것이었다. 내가 부탁한 물건이 몇 개 있긴 했지만 이렇게 많이 보낼 거라곤 상상을 못 했는데…. 누나의 사랑이 15개의 대형 종이상자에 빼곡히 들어차 있었다.

조업을 마치고, 일과를 정리하고 나면 드디어 개인 탁송품을 열어볼 시간이 생긴다. 조금 과한 물량 공세에 약간 당황했지만, 개인 탁송품을 받을 때의 기분은 성탄 선물을 기대하는 어린아이처럼 늘 설레는 법이다. 게다가 안에 뭐가 들었는지 모를 때의 언박싱은 그 즐거움이 배가 된다.

커터칼로 조심스레 박스를 열었다. 나를 만나기 위해 그 먼바다를 건너온 선물 상자였다. 저녁에 주문해도 다음 날 아침에 도착해 있는 쿠팡 배송과는 차원이 다른 설렘이 밀려왔다.

첫 번째 박스에는 김과 과자가 가득 들어 있었다. 다른 박스도 대부분 과자였다. 몸에 좋지 않은 것들을 뭐 그리 많이 보내나 싶을 수도 있지만, 배에서는 정말 없어서는 안 될 소중한 부식이다. 종류별로 쭉 늘어놓으니 편의점이 따로 없었다. 섬과 섬을 오가는 작은 배의 매점 정도는 거뜬히 차릴 수 있을 양이었다.

비타민과 생필품이 가득한 상자도 있었고, 배에서는 채소를 충분히 못 먹을 거라며 채소즙을 한 상자 보내주기도 했다. 상자를 열 때마다 나를 걱정하는 가족들의 마음이 전해졌다.

이번 탁송품에서 내가 가장 고대한 물건은 만년필이었다. 글씨체를 고쳐 보려고 글씨 교정책과 함께 만년필을 주문했는데 꼬박 한 달을 기다려 받은, 말 그대로 '물 건너온' 워터맨 만년필이었다. 얼마나 효과가 있을지는 알 수 없지만 틈틈이 필사를 하며 연습해 볼 생각이었다. 바다 위에서 지내는 동안, 몸에 밴 나쁜 습관들을 조금씩이라도 고쳐나가고 싶었다.

하지만 내 마음을 가장 든든하게 한 건 언제나 엄마표 반찬이었다. 한국을 떠난 뒤로 엄마 밥이 그렇게 먹고 싶었는데, 그걸 아

방을 가득 메운 개인 탁송품 15박스

탁송품 개봉 완료

시고 내가 좋아하는 반찬들을 냉장 혹은 냉동해 보내주셨다. 배에서 먹고 싶은 음식이 있으면 이렇게 개인적으로 조달해 먹기도 한다. 선원들끼리 입맛을 돋우는 반찬을 꺼내 놓고 나눠 먹을 때가 있는데, 우리 엄마 음식 솜씨는 배 안에서도 명성이 자자했다. 엄마표 파김치가 나오고, 비법 양념으로 만든 전복 장조림도 있었다. 완도 사람들은 전복을 장조림으로 해 먹는데 기관사 형님이 유난히 좋아하는 반찬이기도 했다. 제철 맞은 가을 전어에 양념게장도 소분해서 보내주셨다. 마지막으로 김치 한 포대까지. 모두 내다 팔아도 될 정도로 훌륭한 맛이었다.

다음 날, 엄마표 반찬에 집에서 농사한 쌀로 밥까지 지어 거하게 한 상 차려 먹었다. 태평양 한가운데서 마주한 엄마의 밥상. 배만 가득 찬 게 아니라 마음까지 보신한 기분이었다. "어머니, 밥 잘 먹었습니다."

기쁨의 만선주

넘실거리는 파도가 배 전체를 뒤흔들었다. 어느 때보다 무거워진 배는 좌우로 기우뚱거리며 롤링을 반복했다. 새벽부터 바다에 친 그물이 모두 갑판으로 올라왔다. 이제 바다에는 어퍼부[24]만 남아 있었다. 포획한 어획물을 신속히 상부 자루로 옮기기 위한 백Bag 작업을 하기 위해서다. 깊고 넓은 그물 속 고기를 본선에 퍼 올릴 수 있도록 그물 안 공간을 좁혀 한곳에 모으는 작업이다. 그물이 점점 조여지면서 고기들이 움직일 공간이 좁아지자 참치들의 마지막 산란이 시작됐다. 예민한 어종인 참치는 대부분 포획 단계에서 죽어 올라오는데, 생을 마감하기 전 자신들의 운명을 직감

---

24 모인 고기가 빠져나가지 못하도록 그물의 끝부분이 좁고 단단한 자루 모양으로 돼 있는 그물. 영어로는 Bag Net 혹은 Pocket Net으로 불린다.

그물 안에서 꽃을
피운 눈다랑어

한 듯 사방으로 마구 정액을 흩뿌린다.

푸른 바다가 참치들의 피로 붉게 물들면, 자루그물 안에서 생을 마감한 가다랑어들이 모두 그물 바닥으로 가라앉는다. 다만 부레가 큰 눈다랑어들은 죽을 때 배가 하늘을 향한 채 물 위로 떠오르는데, 그 모습이 마치 바다 위에 참치꽃을 피워 놓은 듯 장관을 이룬다.

자루 그물을 조이는 백 작업이 끝나면 어퍼부 쪽에 모인 어군을 본선으로 선적하는 다마질 작업이 시작된다. 거대한 원형 쇳덩이에 그물을 이어 붙인 다마대를 이용해 바닷속 고기를 본선에 퍼 올리는 작업이다. 들어 올린 다마대 속에 고기들이 가득 차 있자 선원들의 입가에 미소가 번졌다. 이 모든 장면을 콘솔에서 지켜보시던 선장님이 마이크를 들고 지시를 내리셨다.

"스몰 사이즈 렛 고 해라!"

이번 작업만 완료하면 만선이 되기 때문에 작은 참치는 바다에 버리고 조금이라도 값이 더 나가는 큰 고기만 골라서 어창에 넣으라는 것이다.

"스몰 사이즈 렛 고!"

바쁘게 손을 움직이던 선원들 사이로, 자루그물 속에서 유독 큰 눈다랑어 한 마리가 눈에 들어왔다.

"항해사님! 저거 퍼주세요, 저거!!"

자루그물 안에 이제 막 떠오른 커다란 눈다랑어를 가리키며, 나는 일항사님께 다마대로 건져 달라고 외쳤다. 커다란 다마대가 조심스럽게 눈다랑어를 끌어 올려 갑판에 떨구자 그 크기가 실감 났다. 선원들이 여럿 붙어도 손으로 들어 옮기기 힘들어서 카고를 연결해 들어올려야 했다. 통조림용 참치를 잡는 선망선에서는 비교적 크기가 작은 가다랑어나 황다랑어가 주로 잡힌다. 눈다랑어가 잡히는 경우는 가끔 있지만, 이렇게 큰 녀석은 구경하기 힘들다. 나와 외국인 선원 로얀은 눈다랑어 옆에 누워서 연신 사진 찍느라 바빴다.

낚시로 참치를 잡는 연승선에서는 큰 참치일수록 값이 높아

참치 옆에 누워 사진을 찍는 로안과 참치의 심장을 찾고 있는 베트남 선원

선원들이 쉽게 맛볼 수 없다. 하지만 통조림용 참치를 잡는 선망선에서는 톤 단위로 팔리기 때문에, 이렇게 특별한 참치는 선원들의 특식이 된다. 재빠른 베트남 선원 하나가 눈다랑어의 아가미 속으로 불쑥 손을 집어넣었다. 거의 팔꿈치까지 들어간 선원의 손은 조심스러운 탐색 끝에 눈다랑어의 심장을 끄집어냈다. 조금 전까지 팔딱팔딱 뛰었을 싱싱한 장기는 뱃사람들의 오랜 별미였다. 처음 배를 탔을 땐 갑판에서 벌어지는 와일드한 장면에 식겁할 때가 많았지만, 이젠 많이 익숙해져서 아무렇지 않게 받아들이게 되었다.

가장 인기 있는 부위가 심장이라면 두 번째는 뱃살이다. 그중에서도 가장 앞쪽에 위치한 가마살은 특히 귀하게 여기는 부위다. 기관사가 한 손에는 푸줏간 칼을, 한 손에는 망치를 들고 눈다랑어의 머리를 내리쳤다. 아가미와 머리를 연결하는 쪽을 갈라야 제대로 된 가마살을 빼낼 수 있다. 기관사는 이전에 연승선에서 내장을 빼는 전처리 작업을 해본 경험이 있었기 때문에, 이 정도는 식은 죽 먹기라는 듯 웃으며 능숙하게 가마살을 분리해 냈다.

"자 한 다마대만 더 들어가면 만선입니다!"

"네!"

예상대로 순조롭게 만선을 달성했다. 그물 안에는 30톤 정도의 고기가 남아 있었지만 아쉽게 모두 버려야 했다. 만선이 가장 즐거운 이유는 이번 항차에서는 더 이상 어탐이나 다른 작업을 할 필요가 없기 때문이다. 연안국에 입항해 하역하기 전까지 선원들은 그동안 쌓인 노고를 풀며 휴식을 취할 수 있다. 입항지와의 거리에 따라 휴식 시간이 달라지지만, 이번 입항지까진 꼬박 3일을 달려야 하기에 시간도 여유로웠다. 그 시간 동안 충분히 휴식하면서 입항을 위한 서류 준비만 하면 되었다.

배에 고기는 가득 찼고, 치열하게 어탐할 필요도 없으니 이제부터는 기분 좋은 자유 시간. 각자의 일을 끝낸 선원들이 벌써 처리실로 모여 판을 벌이고 있었다. 캔으로 된 김치통을 자르고, 그 위에 컨베이어 벨트의 체인 부분을 잘라 올린 즉석 불판 위에 기관사가 손질한 가마살이 놓였다. 오늘의 주인공처럼, 할로겐램프가 가마살을 환하게 비추고 있었다. 하지만 이날 할로겐램프의 역할은 조명이 아닌 화기. 할로겐램프의 뜨거운 열기에 가마살이 김치통 위로 기름을 뚝뚝 떨어뜨리며 익어갔다. 붉은 참치 살이 점점 노릇해지자 기관사님이 바삭해진 껍질을 손톱으로 툭툭 치며 만족스러운 웃음을 지었다. 나는 나무젓가락으로 잘 익은 부위를 한가득 떼어 입에 넣었다. 어찌나 기름지고 부드러운지, 가마살이 입안에서 사르르 눈 녹듯 사라졌다.

사람들이 삼삼오오 모여든 처리실은 어느새 만선을 축하하는 파티장이 되었다. 한 항차 동안 쌓인 피로가 가마살과 함께 스르

컨베이어 불판 위에서
할로겐 열로 구워지는
참치 가마살

록 녹아내리며 가득 찬 어창만큼이나 마음까지 두둑해졌다.

"세레나2호 파이팅!!!"

"파이팅!!!"

술잔들이 허공에서 기세 좋게 부딪혔다. 외국 선원이든 한국 선원이든, 서로가 한 항차 동안 얼마나 고생했는지 잘 알고 있었다. 굳이 말로 표현하지는 않아도, 술잔에는 모두의 노고에 대한 감사와 존중이 담겨 있었다.

시원한 만선주를 나누고 조용히 헬기장으로 향했다. 사색하고 싶을 때 찾는 옥외 아지트였다. 잔잔한 바다를 바라보자 이번 항차도 이렇게 잘 마무리했다는 안도와 기쁨이 밀려왔다. 만선은 뱃사람들의 마음을 든든하게 해주는 마법 같은 단어다. 무엇보다 그 기쁨을 함께 나눌 선원들이 있어서 오늘 하루가 새삼 감사하게 느껴졌다.

아찔한 바다와 욕망의 외줄 타기

꼭두새벽부터 배의 메인 엔진에 시동이 걸렸다. 조업지로 이동하는 경우가 아니라면 선박은 대개 엔진을 끄고 바다 위에 표박한다. 엔진을 켰다는 건 조업을 시작한다는 신호로, 멈춰 있던 항해 장비들도 다시 가동을 시작한다.

레이더 스캐너에 물표[25]가 빨갛게 표시됐다. 레이더의 전파가 배 주위의 해면으로부터 반사되어 표시되는 것을 해면 반사라고 한다. 해면의 파도가 클수록, 즉 날씨가 안 좋을수록 레이더 화면상의 해면 반사 크기도 커지는데, 이것을 보고 그날의 작업 난이도를 예상할 수 있다. 레이더에 표시된 해면 반사 수치는 9노티컬마일. 오늘 작업은 쉽지 않겠다는 생각에 벌써부터 인상이 찌푸려졌다.

25 항해 시에 목표물이나 레이더상에 나타난 표식.

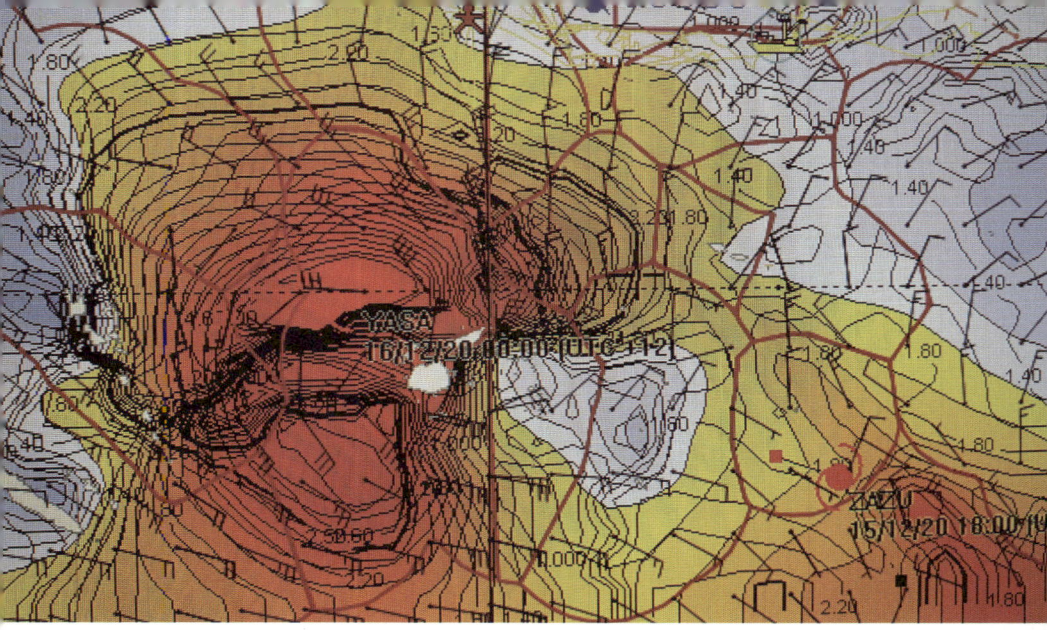

당시의 기상도 사진. 오른쪽 하단 붉은 바람개비 모양이 태풍이고, YASA라고 표시된 것도 태풍이다. 우리 배는 두 개의 태풍 사이에서 작업을 해야 했다

20노트ₖₙ, 25노트… 풍향계의 수치도 갈수록 커지고 있었다. 초속 10미터가 넘는 바람이 불어오고 있었다. 이 정도 바람이면 육지에서는 걷기조차 힘들어 외출을 삼가야 할 수준이다. 하지만 바다에서는, 설령 이런 날씨라 해도 그물을 내릴 때가 많다. 그런데 이날은 눈으로 확인한 바다의 상태가 예사롭지 않았다. 너울성 파도의 높이가 상당했는데, 우리가 향하는 조업지 근처에서 발생한 태풍 때문이었다. 사실상 조업 불가에 가까운 날씨. 속이 터졌다. 차라리 상황이 더 나빠져서 누구도 토 달 수 없는 조업 불가 수준이면 오히려 마음이 편할 텐데. 그러나 바다의 상태는 늘

풍속	풍속에 따른 피해 (태풍 중심부의 최대 풍속 기준)
초속 15m/s	건물에 붙어 있는 간판이 떨어져 날아감
초속 25m/s	지붕이나 기왓장이 뜯겨 날아감
초속 30m/s	허술한 건축물 붕괴
초속 35m/s	기차 전복
초속 40m/s	사람은 물론 커다란 바위까지 날아감
초속 50m/s	콘크리트로 만든 집 붕괴

자료 출처 : 기상청

그 사이, '조업 가능'과 '조업 불가'의 경계에 모호하게 걸쳐 있었다. 후…. 한숨이 절로 나왔다.

모든 확인 작업이 끝나자 '빠야오'라고 불리는 FAD_{Fish Aggregating Device, 인공집어장치} 조업을 위해 항해를 시작했다. 참고로 선망선에는 스쿨피쉬, 유목, 인공유목 총 세 가지 조업 방법이 있다. 스쿨피쉬는 낮에 먹이를 먹기 위해 해수 표면까지 부상한 참치를 육안으로 확인하면서 작업하는 방법이다. 유목 투망은 인근 섬나라에서 바다로 흘러나와 떠다니는 나무를 이용하는 조업 방식이다. 이런 나무들이 바다에 부유하면 그 밑에는 작은 생태계가 생겨난다. 나무에 낀 이끼나 미생물을 먹고 사는 작은 물고기, 그리고 그것을 잡아먹는 또 다른 물고기들이 모이면서 하나의 어군을 형성하는데, 작은 나무 기둥 아래에 수백 톤의 어군이 형성되는 경우도 있다.

이 유목에 고기가 붙는 것을 보고, 사람들이 인공적으로 유목을 만들어 위치 송수신 장치를 부착하여 선박이 조업을 편하게 할 수 있게 만든 것이 바로 인공유목이다. 선원들은 이를 빠야오라고 부른다. 빠야오는 해가 뜨기 전, 하루 한 번밖에 투망 기회가 없다. 해가 뜬 상태에서는 고기가 모이지 않아서, 꼭두새벽부터 해가 뜨기 전에 불을 밝혀 집어集魚한 뒤 투망해야만 한다.

저 멀리 어둠 속, 빠야오의 위치를 알리는 라이트가 반짝거렸다. 소나 상에도 고기가 엄청 많이 찍혔다.

"본선 스탠바이. 네트 보트 내려갑시다."

빠야오에 불을 밝힐 '불배' 역할을 하는 네트 보트를 내리고, 선원들에게 조업 준비를 알렸다. 일단 투망을 위한 준비는 마쳤지만 선장님은 고민이 많은 눈치였다. 그도 그럴 것이 이런 날씨에 조업하다 문제가 생기면 자칫 대형 사고가 될 수 있기 때문이다. 하지만 아무 일 없다면 꽤나 많은 어획고를 올릴 수도 있다. 선장님은 쉽게 판단이 서지 않는지 브리지 밖으로 들락날락하며 연신 바다의 상태를 체크하셨다.

집어 중인 불배에서 계속 고기가 모인다는 교신을 해왔지만, 조업 장비들이 보내는 신호와 달리 바다 상황은 점점 악화되고 있었다. 하루 한 번밖에 못 하는 방식이라 선장님의 고민이 깊어졌다. 하지만 우리 선장님이 어떤 분인가. 다른 배 같았으면 조업 포기를 선언해도 이상할 게 없는 상황이었지만, 우리 선장님의 마지노선은 달랐다.

"자, 날씨가 안 좋으니까 확인들 한 번씩 잘하고! 스키프 보트 스탠바이!"

투망하기로 마음먹은 선장님의 단호한 명령이 떨어졌다. 스키프 보트, 렛 고!

빠야오를 둘러싼 투망이 시작됐다. 스키프 보트가 어둠 속 바람과 스웰을 뚫고 빠야오 주위를 한 바퀴 돌면서 그물을 내렸다. 고기들이 좋아하는 빛을 빠야오에 집중시키기 위해 선내의 불빛이 밖으로 새어나가지 않게 차단했다. 큰 원을 그리다 다시금 시작점으로 돌아온 본선이 스키프 보트로부터 그물의 한쪽을 넘겨받은 후 그물 밑단을 조이는 퍼싱 작업이 시작됐다.

퍼싱을 하는 동안 선장님은 브리지 의자에 앉아 두 손을 모으고 기도하셨다. 안전하게 사고 없이 새벽 조업을 마무리할 수 있기를 오래도록 빌고 계셨다. 하지만 선장님의 간절함이 무색하게, '펑!' 하는 소리와 함께 그물 밑단을 조이던 와이어가 터져 버리고 말았다. 작업할 때 사용하는 와이어의 굵기는 32밀리미터. 3센티가 넘는 철근이 장력을 이기지 못하고 끊어지는 소리가 마치 바로 옆에서 발사한 총알 소리처럼 공포스러웠다. 끊어지는 와이어 옆에 사람이 서 있기라도 하면 팔이고 다리고 그대로 잘려 나가기 십상이라는 소리가 괜히 하는 말이 아니었다.

조여지던 그물이 다시 물속으로 빠르게 빨려 들어가기 시작했다. 이제는 돌이킬 수 없었다. 한시라도 빠르게 배로 그물을 끌어 올려야만 했다. 그물을 잘못 올릴 경우 비비 꼬이면서 체인과 코르크가 순대처럼 하나로 뭉치거나, 찢어진 그물이 유실될 수도 있었다.

"자! 양망! 스키프 보트, 풀!"

"풀!!!"

브리지에 계시던 선장님도 급하게 콘솔로 나와 즉시 양망을

퍼싱 작업 중 그물이 점점 밀려들어가며 단풍잎 모양으로 변해간다

지시하셨다.

"스키프! 풀로 땡겨라!!!!!"

"스키프, (이미) 풀입니다……."

그물 밑단을 조이는 퍼싱 작업을 하게 되면 본선은 물속에 있는 그물을 당기면서 점점 그물 쪽으로 밀려 들어가게 된다. 그렇게 퍼싱이 끝날 즈음이 되면 배와 그물은 팽팽하게 당겨진 단풍잎 모양을 하고, 배는 처음 위치보다 한참 그물 쪽으로 밀려 들어가 있게 된다. 배가 그물 쪽으로 밀려 들어갔으니, 양망 작업은 밀려 들어간 배를 다시 뒤로 빼낸 뒤 시작해야 한다. 이때 힘이 좋은 스키프 보트의 최대 출력으로 배를 빼낸 뒤 작업하지만, 이날따라 급격하게 나빠진 날씨 탓에 스키프 보트가 아무리 알피엠을 올려도 배는 빠지지 않고 오히려 더 밀려 들어가고 있었다.

하는 수 없이 바로 양망을 시작했더니 그물이 찢어져서 올라오고 말았다. 강한 바람에 스키프 보트가 본선을 끌어내지 못해 그물이 배 밑바닥에 걸려 찢어져서 올라오는 것이었다. 찢어져서라도 그물이 올라오기만 한다면 그나마 다행이다. 그물이 바다로 유실되거나 도저히 수리할 수 없는 수준으로 망가져 올라온다면 조업 불가 상태가 며칠 동안 지속될지 아무도 장담할 수 없다.

찢어진 그물이 순대처럼 말리기 시작하자 평소 양망 작업에 참여하지 않는 조리장님과 기관장님까지 합세해 꼬인 그물을 풀고 찢어진 그물을 빼내가며 바다에 있는 그물을 본선으로 끌어 올렸다. 날이 밝아왔지만 바람은 더욱 강해졌고 넘실대는 파도는 갑판을 넘어와 선원들을 덮쳤다.

"그물 똑바로 잡아!!!"

나는 선원들에게 소리치며 조금이라도 빠르고 안전하게 작업이 끝나길 빌었다. 악천후 속에 흩날리는 그물을 잡으며 생각했다. '투망을 하지 말았더라면…….' 사고가 날 수 있다는 것을 알면서도 투망을 강행한 선장님이 원망스럽기도 했다. 찢어진 그물 사이로 빠져나간 고기들이 멀리 가지도 않고 잔파를 만들며 헤엄치는 모습이 꼭 우리를 놀리는 것 같기도 했다.

그렇게 파도와 바람과의 사투 끝에 그물을 다 끌어올리기까지 6시간이 더 걸렸다. 그물이 심하게 찢어져서 3일간 조업을 못 하고 수리해야 했지만, 그래도 이만하길 천만다행이라고 생각했다.

그날 그물을 건진 후 브리지에서 바라본 바다는 다른 날과 달랐다. 저 높은 파도가 언젠가 나를 집어삼킬 수도 있을 것 같았다. 고기를 놓치고 싶지 않은 인간의 마음과 그걸 허락하지 않으려는 바다의 심술. 그날 아침의 모든 장면이 그저 욕심 같았다.

하지만 시간이 지나 이등항해사에서 일등항해사로 진급하고, 선상에서의 경험이 늘다 보니 그때 선장님의 마음이 조금씩 이해

됐다. 날씨가 궂을 때마다 선장님은 외줄 타기하는 심정으로 결정을 내렸을 것이다. 우리 선장님뿐 아니라 태평양에 나와 조업하는 모든 선장의 마음이 같지 않을까. 자신의 결정이 곧 선박의 성과를 좌우하기에 매일 더 나은 성과를 올리기 위해 밤낮 가리지 않고 고군분투 중일 것이다. 나만의 성과가 아닌 선원 모두의 성과를 위해서 때론 그렇게 어려운 결정을 하고 후회도 하는 것이리라.

훗날 내가 만약 선장이 된다면 오늘 같은 외줄 위에서 어떤 판단을 내리게 될까? 바다가 허락하는 만큼만 욕심을 부리는 나이스한 선장이 될 수 있을까? 그게 그렇게 쉽다면 오늘 같은 사고도 없었겠지…. 아찔한 바다 위에서 막연한 두려움을 느끼며 미래의 책임과 무게를 짐작해 본 하루였다.

선상의 올나이트

넘실거리는 바다 위로 거대한 둥근 그물이 펼쳐졌다. 그러나 수면 위에 점점이 떠 있는 노란 코르크만이 그물의 존재를 짐작하게 할 뿐, 원양어선 선원이 아니고서는 그물이 둘러싼 바닷속 공간이 63빌딩 스무 개는 족히 들어갈 만큼 방대하다는 사실을 상상하기 어려울 것이다.

그물 안에서 블랙 스팟Black Spot이 피어올랐다. 참치가 수면 가까이 몰려들면 물빛이 어두워지면서 마치 물이 끓어오르듯 잔파가 일어난다. 고기가 헤엄치며 일으키는 이 잔파를 블랙 스팟이라 부른다. 잔파가 일기 시작하면 곧이어 참치들이 물 위로 점프하면서 튀어 오르기 때문에, 선원들은 잔파의 범위나 농도를 보고 고기의 양을 가늠하곤 한다. 오늘 그물 안에서 이는 잔파는 눈으로만 봐도 100톤은 거뜬히 넘을 듯했다. '잘만 하면 요 며칠 부진했던 성적을 만회할 수 있겠구나!' 그물을 걷어 올리는 선원들의 얼굴에 활기가 돌기 시작했다.

그런데 양망을 시작한 지 얼마 되지 않아 그물 안에서 일던 잔파가 스멀스멀 이동하더니, 첫 번째 부이Buoy가 올라오기도 전에 그대로 그물 밖으로 빠져나가 버렸다. 그물이 찢어진 모양이었다.

"선장님, 그물이 찢어져서 올라옵니다."

아니나 다를까, 그물의 중심을 알리는 센터 부이가 본선에 넘어온 뒤부터 그물이 두 갈래로 갈라져 올라오기 시작했다. 이제부터는 고기잡이가 아닌, 그물 수리를 위한 양망이 될 수밖에 없었다. 길이가 약 2,500미터에 이르는 그물 가운데 얼마나 많은 구간이 찢어졌는지 알 수 없었다. 선원들도, 선장님도 두 갈래로 갈라진 그물 사이를 뚫어지게 바라보면서 다시 이어진 부분이 나오기만을 간절히 바랄 뿐이었다.

하지만 약 1,000미터 가까이 계속 찢어져 나오던 그물은 양망 작업이 끝나갈 즈음에서야 간신히 이어진 부분이 나오기 시작했다. 찢어진 그물은 반드시 갑판으로 끌어내 수리해야 한다. 그물도 부품처럼 구역이 나뉘어 있어서, 손상된 부분을 떼어내고 해당 구역에 맞는 새 그물을 이어 붙여야 하는데, 이를 '폭 갈이'라고 한다. 폭 갈이를 위해 그물의 연결 부위까지 갑판으로 빼낸 뒤, 나머지 그물은 차곡차곡 그물 칸에 정리해 두었다.

"내일 새벽에 투망할 거니까 오늘 밤을 새워서라도 무조건 수리하도록."

선장님의 목소리가 마이크를 타고 갑판에 울려 퍼졌다. 오늘 놓친 고기를 내일 새벽에 다시 잡아야 하니 어떻게든 원상 복구를 해놓으라는 소리였다. 식사도 거른 채 매달린 양망이었다. 찢어진 그물을 올리는 데만 평소 양망보다 두 배의 시간이 걸렸다. 새벽 5시에 시작한 양망 작업이 정오가 지나서야 마무리됐는데, 수리는 이제부터 시작이었다.

"이항사, 스픽 뭐야?" (뭐라는 거야?)

한국어가 서툰 외국 선원들이 나에게 다가와 물었다.

"어… 위 산타마리아. 투데이 올나잇, 투모로우 모닝 렛 고 있어!" (우리 이제 죽었다. 오늘 밤샘 수리하고 내일 아침에 바로 투망한대.)

"에이… 쓰ㅂ."

내 통역(?)을 기가 막히게 알아들은 외국인 선원들이 인상을 잔뜩 찌푸리며 갑판으로 모여들었다. 저마다 허리춤에 칼 한 자루씩 차고 있었다. 찢어진 그물을 수리하는 방법은 단순하다. 손상된 부분을 잘라내고 새로운 그물을 이어 붙이면 된다. 문제는 이 모든 과정을 기계가 아닌 사람 손으로 하나하나 잘라내고 엮

그물 수리하는 모습. 공중에 그물이 순대처럼 말려 있다

손상된 부분을 떼어내고 일일이 새 그물을 이어 붙여야 한다

어야 한다는 것. 긴 노가다의 시간이었다.

늦은 점심을 먹고 2시부터 땡볕 아래에서 그물 수리에 들어갔
다. 저녁을 먹고 다시 갑판으로 나오자 스콜성 폭풍이 들이닥쳤
다. 굵은 빗줄기를 쫄딱 맞아가며 장장 5시간 동안 수리를 이어갔
다. 자정이 넘어가자 선원들이 하나둘 눈동자가 풀리기 시작했다.
칼질을 하다 실수해 손을 베는 선원도 나왔다. 다행히 새벽녘에
는 끝이 보이기 시작했는지 흐릿하던 선원들 눈빛이 다시 살아나
더니 각성한 듯 점점 속도를 높여 그물을 기워나갔다. 선원들이
잠들지 않으니 바다도 함께 깨어 있는 것인지, 파도 소리가 메트
로놈처럼 선원들의 손놀림에 박자를 맞춰 주었다. 고비를 지나니
오히려 눈이 더 맑아졌다. 부이의 위치를 보아하니 이제 거의 다
온 거나 다름이 없었다. 그리고 새벽 4시, 마침내 그물 수리가 완
료됐다.

"본선 스탠바이 합시다."

그물 수리가 끝나기 무섭게 조업 준비를 알리는 마이크 소리
가 울려 퍼졌다. 빠야오 방식은 하루에 딱 한 번, 그것도 새벽에만
투망할 수 있기 때문에 아무리 밤샘 작업으로 지쳐 있어도 시간
을 미룰 수 없었다. 이쯤 되면 녹초가 된 선원들의 눈이 반쯤 풀려
있지나 않을까 싶겠지만 그렇지 않다. 잠은 이미 오래전에 달아

나 버려서, 오히려 각성한 것처럼 모두 눈빛이 초롱초롱했다.

위에서 내려오는 그물을 잡으며 무수면으로 버틴 시간을 계산해 보았다. 꼬박 24시간을 눈 한번 붙이지 못하고 작업한 셈이었다. 저 멀리 수평선 너머로 태양이 슬몃 고개를 내밀고 있었다. 하루가 끝나기도 전에 다시 하루가 시작되고 있었다.

"스키프 보트, 렛 고!"

스키프 보트가 물살을 가르며 달렸다. 투망이 성공적으로 이뤄지고, 어제 찢어진 그물 사이로 빠져나간 120톤의 고기들이 어창으로 쏟아져 들어갔다. 스키프 보트가 본선으로 올라오자 선원들의 눈꺼풀이 급격히 풀리기 시작했다. 이제는 잘 수 있었다. 아니, 자야만 했다. 밥이고 뭐고 다 잊은 채 방으로 돌아가 머리가 베개에 닿는 순간 깊은 잠에 빠져들었다.

해는 중천에 떠 있었지만 배 위는 유령선처럼 고요했다. 엔진 돌아가는 소리만 자장가처럼 들릴 뿐 사람의 기척을 찾아볼 수 없는 날이었다. 그만큼 힘든 무박 2일의 강행군을 마친 바다 사나이들이 시체처럼 쓰러져 밀린 잠을 자고 있었다.

거북이 구출기

선망선의 어탐에서 가장 중요한 핵심 장치는 레이더다. 항해 시에는 새와 구름을 모두 식별할 수 있는 버드 레이더와, 구름만 식별하는 마린 레이더를 비교하면서 관측한다. 마린 레이더에는 나타나지 않지만, 버드 레이더에 찍히는 빨간 점이 있다면 그 점이 곧 새인 것이다. 이 새 하나하나를 세심하게 관찰하는 것이 조업의 시작이라고 할 수 있다.

코파에서 고배율 망원경을 통해 살펴보는 것도, 헬리콥터에서 어군을 관측하는 것도 모두 레이더에 찍히는 이 빨간 점 하나에서 시작된다. 레이더 화면을 뚫어져라 관측하던 중 동글동글한 형태에 일정한 크기, 일정한 방향과 속도로 이동하는 새가 눈에 들어왔다. 우리는 이런 새를 '빠야오 새'라고 부른다.

빠야오를 제작 중인 선원들. 빠야오를 만들 땐 고기가 많이 모이게 하기 위해 밝은색을 주로 사용한다

"선장님 이 새 근처에 빠야오가 있을 것 같습니다."

"그래? 한번 가보자!"

배는 새를 향해 코스를 잡고 나아갔다. 넓고 넓은 태평양에서 정확한 위치도 모른 채 새 한 마리에 의존해 빠야오를 찾아야 했다. 레이더에 찍힌 이 새 근처에 정말 빠야오가 있을지 알 수 없기에 결국 선장님의 경험, 그리고 코파에서 망원경을 들여다보는 항해사의 능력에 따라 조업 성과가 달라진다.

우리가 만든 빠야오가 아니더라도, 다른 배의 빠야오를 발견해 부이만 교체하면 그때부턴 우리 빠야오가 된다. 빠야오 하나를 만드는 데 100만 원 남짓, 부이 역시 150만 원 이상 드는 장치지만, 아무리 우리가 만든 빠야오에 고기가 많이 모여 있더라도 거리가 멀면 갈 수가 없으니, 바다가 워낙 넓어서 생긴 암묵적인 룰이다.

레이더에 찍힌 새에 배가 가까워지자 다행히 코파에서도 빠야오가 보인다고 했다. 내 촉이 맞은 것이다. 다른 배의 빠야오를 찾았으니 부이를 교체하기 위해 빠야오 근처로 배를 몰았다. 그런데 빠야오 근처에 다다랐을 때, 그 옆에서 첨벙거리며 발버둥치는 무언가가 눈에 들어왔다. 동글동글한 얼굴에 딱딱한 육각 모양이 선명한 등딱지, 바다거북이었다. 처음엔 빠야오 위에서 쉬고 있다가 우리를 보고 도망가는 것처럼 보였지만, 자세히 보니 어딘가 불편해 보였다. 목만 물 위로 내밀고 계속 뻐끔거리며 발버둥치는 모습이 분명 고통스러워하고 있었다. 배를 급하게 정지시키고 다가가 확인해 보니 오래된 빠야오 그물이 찢어진 틈에 거북이가 걸려 오도 가도 못하고 있었다.

"토안! 업, 업! 빨리 올려!!"

선원들을 재촉해 거북이를 갑판 위로 올렸다. 거북이는 그물에 목이 조여서 제대로 움직이지도 못했다.

"토안, 비쏘! 비쏘!"

선상에서는 칼을 '비쏘'라고 한다. 베트남 선원 토안이 칼을 뽑아 들고 거북이를 조이던 그물을 조심스레 잘라냈다. 행여 그물을 잘라내다 거북이가 다치지나 않을까 마음이 조마조마했다.

"헤이, 슬로슬로 해, 슬로슬로! 거북이 산타마리아, 노굿!" (천천히 잘라, 천천히! 거북이 죽으면 안 된다고!)

빨리하라며 재촉해놓고, 또 천천히 하라니 토안도 곤란했을 것이다. 자기를 도와주는 걸 아는지 연신 파닥거리던 거북이도 그물을 잘라낼 때는 얌전히 기다렸다. 그러다 목을 죄던 그물이 잘려 나가자 홀가분한 듯 다시 파닥거리기 시작했다.

언제부터 거북이가 그물에 걸려 고통스러워했는지 알 수 없었다. 다만 목에 그물 자국이 남지 않은 걸 보아 얼마 되지 않았구나, 짐작만 할 뿐이었다.

"우릴 만나다니 운이 좋은 녀석이구나. 다시는 이런 데 걸리지 말고 잘 살아!"

거북이를 바다로 놓아주자 녀석은 감사 인사도 없이 순식간에 사라졌다. 거북이를 놓아주면 천천히 헤엄쳐가는 모습을 볼 줄 알았건만, 물속에 들어간 거북이는 눈 깜짝할 사이에 흔적도 없이 사라져 버렸다. 바다에서는 결코 느림보가 아닌 것이다.

거북이를 바다로 돌려보낸 뒤 찢어진 그물을 교체하고 부이도 교체했다. 인간이 만들어낸 이 이기적인 집어장치가 전 세계 해역에 수만 개나 떠다니고 있다. 문제는 다시 수거되는 빠야오가 극히 드물다는 것이다. 투척된 빠야오는 조류 따라 바람 따라 흘러 다니다가, 고기가 모이면 배에서 그 기록을 확인하고 위치를 추적해 찾아가 조업하거나, 다른 배에 의해 교체되기도 한다. 하지만 고기 기록이 나오지 않으면, 빠야오는 파도에 밀려 섬에 흘러 들어가거나 바다 위에 쓰레기로 남아 표류하기도 한다. 우리에게는 조업을 돕는 편리한 장치이지만 바다 생물들에게는 목숨을 위협하는 지뢰와 다름없을 것이다.

다행히도 내가 승선한 이후 매년 빠야오에 대한 규제가 강화되고 있다. 배마다 설치할 수 있는 빠야오 개수를 200개로 제한하는 한편, 빠야오의 그물코 크기를 작게 규제하여 유령어업[26]이 발생하지 않도록 했다. 그러다 2024년부터는 아예 그물 형태의 자재 사용이 전면 금지됐다. 그물망 자체를 쓸 수 없게 됐으니, 그물에 거북이나 잡어가 걸리는 일을 크게 줄일 수 있을 것으로 기대된다.

이제 본선에서는 생분해성 코코넛 자재를 사용해 물속에서 3개월만 지나면 모두 사라지는 빠야오를 제작해 사용한다. 그만큼 집어 능력은 떨어져 조업량이 현저히 줄어든 것이 사실이지만, 후대까지 지속 가능한 어업을 위해 우리가 앞장서 자원을 보호하

---

26 Ghost Fishing. 유령이 물고기를 잡는다는 뜻으로, 바닷속 버려진 폐그물로 인해 물고기가 다치거나 죽는 현상.

며 조업하는 것은 당연한 일이다.

태평양에도 느리지만 점차 변화의 바람이 불고 있다. 내가 처음 배를 탔을 때와 비교하면 세계적으로 환경을 생각하고 지속 가능한 자원을 지키려는 움직임이 매년 강화되고 있다. 그만큼 조업할 때 신경 쓸 일도 많아지고 귀찮은 일도 늘었지만, 이런 변화가 좋은 방향으로 나아가고 있다는 점에 큰 의미를 두고 기꺼이 동참하고 있다.

바다에서 만나는 가장 귀여운 친구가 바로 거북이다. 등껍질을 잡았을 때 짧은 발을 파닥이는 모습이 정말 귀엽고 무해하다. 육지와 바다 모두에서 살 수 있는 특징 때문일까, 바다에서 이 녀석을 보면 육지와 연결돼 있다는 묘한 안도감이 느껴지기도 한다. 그래서인지 혼자 외로이 그물에 걸려 고통스러워하던 거북이가 더욱 안타깝게 다가왔다. 거북이를 놓아주며, 우리를 만난 것이 녀석에겐 행운이었겠거니 생각했는데, 사실 거북이는 인간 때문에 겪지 않아도 될 고초를 겪고 있었던 것이다. 자신들의 터전을 내어준 바다 생물들에게 새삼 고맙고 미안한 마음이 들었다.

태평양 바다를 자유롭게 헤엄치고 있을 거북이. 녀석의 바다를 지키는 것 또한 당연한 우리의 몫이다.

바다에 투척 3개월 후 거둬들인 빠야오 비교 사진. 합성섬유로 만든 빠야오(위)는 많이 해지긴 했지만 형태가 남아 있는 반면, 규제 이후 자연 소재로 제작한 빠야오(아래)는 생분해되어 로프만 남아 있다

해상 미장원 개장

"진짜? 진짜로 짤라?"

"응. 짤라, 짤라. 예쁘게 잘라줘."

"오케이~!"

태평양 한가운데, 해상 미장원이 개장했다. 미용사는 베트남 선원 로얀, 손님은 나였다. 로얀의 손에는 천 원짜리 문구용 가위가 들려 있었다. 선내에서 쓰던 미용 가위가 고장 나서 쓸만한 게 그것밖에 없다고 했다. 장난기 가득한 로얀의 입가에는 아까부터 사악한 웃음기가 가득했다. 그 웃음을 한마디로 요약하면 이랬다. '니가 하라고 했다? 나중에 뭐라 하기 없기!'

로얀의 왼손이 내가 2년 가까이 기른 머리를 움켜잡았다. 그리곤 반대편 손으로 쓱싹쓱싹, 꽁지머리 윗부분을 자르기 시작했다.

'으악~! 내 머리! 아까운 내 머리~!' 호기롭게 이발을 부탁했지만 속으로 나는 비명을 지르고 있었다. 싸구려 가위라 그런가, 목덜미 근처에서 머리카락이 잘려나가는 소리가 유독 섬뜩하게 들렸다.

"오 마이 갓…"

사정없이 잘려나가는 머리카락을 보며 점점 말수가 줄어드는 나를 보고 로얀이 짓궂은 어린아이처럼 깔깔 웃어댔다.

세레나2호에 승선한 지도 어느덧 2년이 다 돼 가고 있었다. 사실 2년 전에도, 승선하고 얼마 지나지 않아 나는 삭발을 했었다.

"이항사님, 올 컷팅 노굿~ 나중에 캡틴 앵그리, 매니매니~"

내가 삭발을 부탁하자 곧잘 남의 머리를 잘라주던 베트남 선원 토안은 선장님이 알면 싫어하실 거라며 말렸다. 윗사람들 눈에 괜히 반항하는 것처럼 보일 수 있다는 것이다.

"괜찮아. 미 스픽 오케이. 노프라블럼. 빡빡 오케이!" (내가 잘 말할게, 걱정 말고 빡빡 밀어 줘!)

토안의 만류에도 불구하고 삭발을 강행한 데는 나름의 이유가 있었다. 긴 항해 동안 의미 있는 일을 하고 싶었던 나는, 어린이 소아암 환자에게 가발을 만들어 주는 '어머나 운동본부'를 알게 되었다. 머리카락을 기증하려면 길이가 최소 15~20센티미터는 되어야 한다기에 2년 동안 머리를 길러서 기부하는 장기 프로

젝트를 계획하게 된 것이다. 이래 봬도 나의 MBTI는 ENFJ. 먼 미래까지 생각하고 계획하는 편이다. 시간에 비례해 기증할 머리도 길어지니 배 위에서 보내는 시간에 이전과 다른, 새로운 의미가 부여된 느낌이었다.

그런 이유로 나는 태어나 처음으로 삭발을 해보았다. 바리깡이 논밭을 갈아엎는 트랙터처럼 내 머리 위를 사정없이 지나갔다. 그렇게 마주한 푸르스름한 두피는 몹시 생경했다. 나름 순한 강아지상 얼굴이라고 생각했는데, 머리를 다 밀고 나니 세상에 불만 많은 깡패가 따로 없었다. 토안이 왜 말렸는지 알 것 같았다. 그냥 거울을 보기만 했을 뿐인데 눈만 마주쳐도 시비를 걸 것 같은 인상파가 돼 버렸으니 이를 어쩐다?

2년 전
태어나서 처음 해본 삭발

그렇게 자신도 생경한 머리를 하고 브리지로 올라가자 일등항해사님이 흠칫하시며 물었다.

"배에 불만 있는겨? 있어도 말로 하지?"

"걱정하지 마세요. 이제 배에서 내릴 때까지 안 자를 거예요! 2년 동안 길러서 한국에 가면 기부할 거란 말이에요!"

그렇게 진심을 변명처럼 둘러대며 2년짜리 장기 프로젝트가 시작되었다. 그전까지, 나는 자발적(?) 민머리들을 이해할 수 없었다. '헤어 스타일이 인상에 얼마나 중요한데, 왜 머리를 기르지 않는 걸까?' 하고 말이다. 하지만 세수와 동시에 머리가 감기는 신세계를 경험하고는 단번에 이해할 수 있었다. 삭발 하나로 시간과 노동이 놀라울 정도로 줄어드는 작은 혁명이 일어났다. 더없이 효율적이면서도 위생적인 민머리 생활. 빗과 헤어 에센스는 당분간 쓸 일 없는 드라이기와 함께 서랍 속으로 사라졌다.

그렇게 1년, 2년 천천히 머리를 길렀다. 머리를 자르지 않고 기르는 건 생각처럼 쉬운 일이 아니었다. 머리를 기를 때 최악의 위기라는 '거지존'에 들어서자 앞머리가 눈을 찌르기 시작한다. 앞머리를 자유롭게 컨트롤하려면 입술 선까지는 길러야 하는데, 그 길이까지 자라는 동안은 어떤 스타일을 해도 거지처럼 보인다고 해서 거지존이다. 장발에 도전하는 사람들 태반이 이때 포기하고 머리를 자른다.

나에게도 수많은 고비가 찾아왔다. 어정쩡하게 자란 머리가 눈코입을 찌르거나 라면 국물에 빠질 때마다, 양망 작업 중에 안전모 사이로 삐질삐질 빠져나올 때마다 '확 쳐버려? 말아?' 고민했다. 머리가 짧을 땐 괜히 불만 있냐고 시비(?)를 걸던 윗분들이 머리가 길어지니 지저분하다며 핀잔을 줄 때도 마찬가지였다.

그래도 어린 환우들에게 기증하겠다는 목표가 분명했기에 흘러내리는 머리를 머리띠와 고무줄로 커버하며 묵묵히 길렀다. 그렇게 인내의 시간을 견디자 어느새 거지존도 지나고, 머리도 단정하게 정리가 되었다.

원래 계획은 착실히 머리를 길러서 한국에 돌아가 단골 미용실에서 자르는 것이었다. 그런데 회사로부터 뜻밖의 제안을 받는 바람에 배 위에서 머리를 자르게 되었다. 갑작스레 일등항해사로 진급하게 되면서 일항사가 필요한 다른 배로 전선轉船을 하게 된 것이다. 이등항해사 생활 27개월 만에 찾아온 승진 제안이었다. 진급을 받아들이면 배를 옮겨 타야 했기에 세레나2호와의 갑작스러운 이별을 준비해야 했지만, 선장이라는 꿈에 한 발 더 다가서는 기회를 놓칠 수는 없었다. 새로운 배에서 새로운 선장님을 모셔야 하니 단정한 첫인상을 위해 선상 이발을 결심한 것이다.

머리를 자르기 전, 욕실에 들어가 정성껏 샴푸를 하고 린스도 발랐다. 빗질하는 순간 머릿결이 어찌나 부드러운지, 벌써부터 가

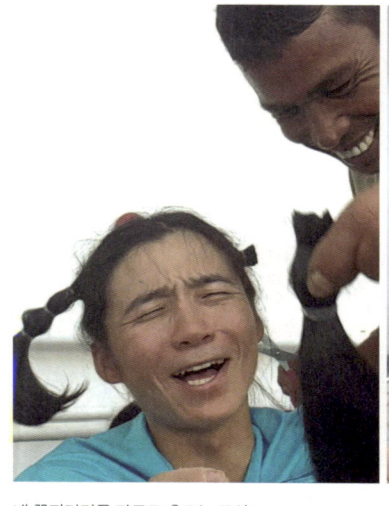

내 꽁지머리를 자르고 흔드는 로얀 　　　　로얀이 잘 다듬어 준 덕에 말끔해졌다

발을 쓰게 될 아이의 모습을 떠올리며 괜스레 뿌듯해졌다.

　예정보다 일찍 머리를 자르지만 기부할 정도의 기장은 돼서 다행이었다. 고무줄로 묶은 머리의 윗부분을 로얀이 패기롭게 가위로 자르기 시작했다. 싸구려 문구용 가위라 날이 무뎠지만 2년 가까이 기른 머리는 단 2분도 안 돼 동강이 나버렸다.

　"짠~~~"

　눈앞에서 잘려 나간 머리 뭉치를 들고 흔드는 로얀이 조금 얄미웠지만, 그래도 곧 다른 배로 가는 동료에게 뭐라도 해주고 싶었는지 부탁하지 않았는데도 먼저 머리를 잘라주겠다고 나선 마음이 참 고마웠다.

나의 짧은 머리를 오랜만에 본 선원들과 선장님이 진작에 자르지 왜 이제야 잘랐냐면서 훨씬 보기 좋다고 칭찬해 주었다. 잘라낸 머리카락은 지퍼팩에 넣은 뒤 서류 봉투에 담아 한국으로 보냈다. 머리카락은 먼저 완도에 있는 집에 도착했는데, 내가 형한테만 머리카락이 갈 거라고 얘기하고 어머니에게는 깜빡한 탓에 어머니가 소포를 열어 보고 크게 놀라셨다고 한다. 집 떠나 있는 아들한테서 달랑 머리카락만 들어 있는 소포가 도착했으니 얼마나 당황하셨을까.

내 머리카락은 형이 잘 정리해서 어머나 운동본부에 신청서와 함께 보내주었고, 얼마 뒤 나는 운동본부로부터 기부증서를 받았다. 나는 다시 기르면 되는 머리카락이 누군가에게는 소중한 신체의 일부를 대신해 줄 가발이 된다고 생각하니 뿌듯했다. 그것만으로도 지난 2년의 여정을 보상받는 기분이었다.

어머나 운동본부 기부증서

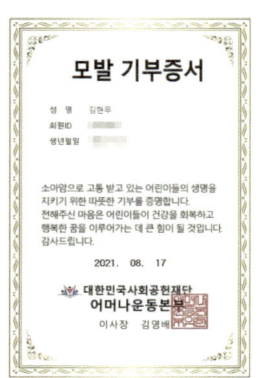

이별, 그리고 새로운 시작

갑작스레 전선을 선택하고 나니 남은 시간이 일주일 남짓밖에 없었다. 어깨를 훌쩍 넘게 기른 머리를 잘라 한국으로 부치고, 28개월간 지낸 방을 정리하기 시작했다. 유튜브 촬영 장비, 작업복, 에어프라이어, 각종 생활 물품들…. 2년이 넘는 시간 동안 조금씩 탁송을 받으면서 불어난 짐이 이삿짐만큼이나 많았다. 작은 방에서 우체국 상자 7, 8개를 빼고 보니 꽉 차 있던 방이 어느새 텅 비었다. 일반적인 셋집의 계약 기간이 2년, 나는 그보다 더 긴 시간을 이 방에서 지냈다.

참치를 잡는 선망선의 계약 기간은 보통 14개월이지만, 나는 하선 없이 연장 승선하여 28개월째 승선 중이었다. 2019년 3월에 승선하여 2개월간 수리를 거친 후 5월에 한국을 출항한 세레나2

호에서 2021년 7월까지 근무한 것이다.

    한국에서 출항한 배는 2년마다 한 번씩 상가수리라 불리는 정기 점검을 위해 한국으로 돌아온다. 2019년에 한국을 떠날 당시만 해도, 2년 뒤 상가수리 때 다시 돌아와 하선 후 푹 쉴 계획이었다. 하지만 전혀 예상하지 못한 코로나 사태로 그 계획은 무산됐다. 연장 승선을 택한 후 어느덧 또 한 번의 어기 종료 시점이 다가왔지만, 한국의 상황은 그다지 나아진 게 없어 보였다. 코로나가 시작되고 이미 1년 6개월의 시간이 흘렀는데도 말이다.

    그때 마침 회사에서 다른 배로 옮겨 일등항해사로 근무하면 어떻겠냐는 제안을 해왔다. 나는 깊은 고민에 빠졌다. 진급 제안 자체는 반가웠지만, 여기서 다시 승선을 결심하면 최소 14개월은 더 배 위에서 보내야 했다. '못해, 죽어도 못 해!' 28개월 동안 태평 양을 떠돈 내 몸이 본능적으로 세차게 고개를 저었지만, 이성은 좀 더 차분하게 머리를 굴리기 시작했다.

솔직히 연장 승선에 대한 부담감보다는 코로나 때문에 한국 에서 자유롭게 생활할 수 없는 현실이 더 신경 쓰였다. 밤 9시 통 금에 4인 이상 모임 금지는 나 같은 외향인에겐 쥐약이었다. 멀리 서 바라본 한국은 아이러니하게도 100미터도 안 되는 원양어선 보다 더 갑갑한 감옥 같았다. 결국 오래 고민할 것도 없이 나는 한 번 더 연장 승선을 택했다. (물론 이때만 해도 14개월이면 될 줄 알았던 승 선 기간이 20개월을 넘기게 될 줄은 몰랐지만 말이다.)

세레나2호에서의 마지막 날. 그동안의 승선 생활을 기록해 온 작은 카메라를 들고 배 안을 천천히 한 바퀴 둘러보았다. 바다의 풍파를 이기지 못해 군데군데 녹이 슬어 있는 헬기장을 시작으 로, 각 선실을 찾아가 그간 정들었던 선원들과 마지막 인사를 나 눴다. 2년이 넘는 시간 동안 가족보다 더 자주 봤던 친구들. 이별 은 결코 쉽지 않았지만, 남자들의 이별에는 굳은살 박인 손을 힘 껏 맞잡는 악수 한 번이면 충분했다.

선장님께서는 작별을 기념하며 갑판 위에서 바비큐 파티를 열
어주셨다. 숯불이 활활 타오르는 사이, 바다의 고마움을 알려준
경서 형님과 나란히 앉아 이야기를 나눴다.

"현무야, 너 없으면 어찌해야 할지 벌써부터 걱정이다~"

"아이고, 형님도 이제 잘하시면서 뭐가 걱정이세요. 감사했습
니다."

"나도 고마웠다. 새로운 배에 가서 잘해라."

구구절절 말하지 않아도 서로의 마음을 충분히 잘 헤아릴 수
있었기에 다른 길로 향하는 서로를 진심으로 응원할 수 있었다.
타오르는 불 앞에서 술잔을 기울이며 세레나2호의 마지막 밤은

그렇게 저물어갔다.

다음 날 아침, 나는 주섬주섬 짐을 챙겨 선장님과 선원들에게 진짜 마지막 인사를 전했다.

"선장님, 한국 조심히 다녀오십시오!"

"그래. 고생 많았다. 다음에 보자!"

갑판부 선원들이 올라와 내 짐을 모두 네트 보트에 실어주었다. 네트 보트를 거쳐 옮겨 탄 기름배 위에서 세레나2호를 바라봤다. 2년 가까이 발붙여 살아온 배였건만 세레나2호를 이렇게 밖에서 바라본 적은 많지 않았다. 점점 멀어지는 선체를 보며 지난 2년의 좋았던 기억과 힘들었던 순간들을 떠올렸다. '안녕 세레나2호.' 20대 중반을 함께한 인생의 한 조각이 저만치 멀어지고 있었다.

그 후 내가 승선하게 될 사조 패밀리아호가 오기 전까지, 기름배에서 짧은 휴가를 보냈다. 배를 타면 매일 같이 새벽에 일어나서 작업을 준비해야 하기 때문에 가장 소원하는 것 중 하나가 바로 늦잠 자는 것인데, 원양어선을 탄 이후 처음으로 종일 잠을 잤다. 드디어 소원 성취. 개꿀이다. 짧아서 더 달콤했던 이틀의 휴가였다.

그리고 드디어 시작된 패밀리아호에서의 뉴라이프. 나는 일등 항해사로서의 역할을 잘 해낼 수 있을까?

4장

패밀리아 호의
일등항해사

바다는 비에 젖지 않는다.
The ocean doesn't get wet by rain.

_어니스트 헤밍웨이, 《노인과 바다》 중에서

일등항해사의 하루

똑똑. 모두가 곤히 자고 있을 새벽 4시, 누가 방문을 두드렸다.

"일항사님, 당직입니다."

주섬주섬 옷을 갈아입고 브리지로 향했다. 내 방에서 브리지까지는 고작 1초. 방문만 열면 브리지라서 당직을 서던 이등항해사가 전화 대신 직접 깨우러 왔다.

"배는?"

"안 보입니다."

"새는?"

"없어요."

"잇갑[27]은?"

___
27 '미끼'의 전라도 방언.

"안 찍히네요."

원양어선에서의 당직 교대 인수인계는 짧은 편이다. 주변에 배가 있는지, 새가 보이는지, 참치의 주요 먹이인 미끼들이 주변에 있는지 등 꼭 필요한 전달 사항만 간략히 확인한 뒤 야간 당직자인 이등항해사는 선실로 내려갔다. 원칙상 당직 15분 전에 교대자가 올라와서 같이 당직을 서며 인수인계를 하는 것이 옳지만, 아침 일찍부터 작업을 하면 야간 당직자는 2시간도 채 못 자기 때문에 10분이라도 빨리 내려가서 자도록 하는 것이다.

레이더를 확인한 뒤 밖으로 나왔다. 달빛을 받아 빛나는 바다를 보며 남은 잠을 날려 보낼 생각이었다. 박명시가 다가오자 삼등항해사가 브리지로 올라왔다. 보통 4시간씩 교대로 당직을 서는 일반 선박과 달리, 원양어선은 전날 일과가 끝나면 다음 날 아침 선박의 위치를 예상하고 그곳의 박명시를 미리 계산한다. 그럼 그것이 그날의 일과가 시작되는 시간이고, 삼등항해사는 항상 그보다 30분 일찍 일어나야 한다.

"새 없고, 잇갑 안 찍힌다. 레이더 잘 보고 가라~"

역시나 간단한 인수인계를 하고 식당으로 내려갔다. 아침 식사는 대개 365일 바뀌지 않는 된장국에 밥을 말아 먹거나, 라면을 끓여 먹을 때가 많다. 국그릇에 밥을 한 주걱 푸고 된장국을 부어 자리에 앉았다. 조리장님께서 달걀프라이를 쓰윽 건네며 물으

216

셨다.

"초사, 오늘 고기 좀 있겠나?"

선망선에서 나이가 좀 있는 분들은 일등항해사를 '초사'라 부른다. 일본말의 잔재로, 아직도 배에서는 일본말을 많이 사용하는 편이다.

"지금은 안 보이지만 조금 더 가면 있겠죠? 어제 배들이 근처에서 작업했으니까요."

조리장님에게 잘 먹었다는 인사를 하고 곧장 코파로 향했다. 코파에 올라 굳게 닫혀 있던 창문을 열어 걸쇠로 고정하니 사방이 한눈에 들어왔다. 이곳에서 망원경을 보며 어군을 탐지하는 것이 일등항해사의 첫 번째 주요 업무이다.

본격적인 어탐을 위해 망원경과 물아일체가 됐다. 어군을 찾게 되면 선장님과 교대 후 투망을 위해 브리지로 이동하지만, 만약 어군을 못 찾으면 일몰 시까지 꼼짝없이 망원경만 들여다보고 있어야 한다. 그렇기 때문에 일등항해사가 배에서 가장 많은 시간을 보내는 곳 중 한 곳이 바로 코파다.

다행히 레이더상에 15마일(약 30킬로미터) 거리에 새가 찍혔다. 새를 향해 침로를 변경해 배를 몰았다. 새와의 거리가 좁혀지자 망원경으로 새떼가 구름처럼 모여 있는 게 보였다. 밑에 고기가

선망선은 왼쪽으로 돌면서 투망하기 때문에 브리지 왼편에 조타할 수 있는 장치가 하나 더 마련돼 있다. 이곳을 포트 윙(Port Wing)이라고 한다

있을 법한 새라는 것을 짐작할 수 있었다.

새가 10마일까지 가까워졌다. 두 눈에 힘을 주어 초집중 모드로 관측하니 저 멀리 수평선 위에서 날아다니는 점들이 보였다. 거리가 8마일로 좁혀지자 새들이 한곳으로 모이면서 움직임이 더 활발해지기 시작했다.

"선수 8마일, 새 300마리 이상 보이고 어군은 아직 보이지 않습니다. 새들의 움직임이 활발한 게 고기가 있어 보입니다."

"그래? 잘 지켜봐!"

선내 마이크로 관측 상황을 선장님께 알렸다. 정보는 동시에 본선 전체로 전달되었고, 곧 작업이 시작될 것을 안 선원들도 긴장감을 느끼고 있을 터였다.

"선수 8마일, 새들이 모이는데 가쓰오 낱마리씩 뻐적뻐적 올라오기 시작합니다. 지금 백파로 올라오는데 양은 한 50에서 60톤 되겠습니다."

가쓰오는 참치 통조림을 만드는 주원료이자 참치 선망선의 주어종인 가다랑어를 말한다. 이렇게 먼 거리에서도 백파가 잘 보인다는 것은 참치의 양이 꽤 많을 수도 있다는 것이다. 백파까지 5마일을 남겨두고 선장님이 코파에 올라오셨다.

"올 스탠바이-. 올 스탠바이-."

선장님이 코파에 올라온다는 것은 더 이상 어탐이 아닌 본격적인 참치잡이를 시작한다는 뜻이다. 그에 따라 갑판에선 갑판장님의 진두지휘 아래 라싱해 둔 로프를 풀어내기 시작하고, 스키프 보트에도 선원들이 올라가 당장이라도 조업이 가능하도록 준비에 돌입한다. 일등항해사인 나는 선장님의 오더에 따라 배의 키와 엔진을 조종하며 배를 부리는 역할을 한다.

"포트 파이브." (타각을 좌현 5도로.)

"포트 파이브!" (타각을 좌현 5도로!)

"스탠바이." (현 침로를 유지하라.)

"스탠바이!" (현 침로 유지!)

선장님의 조타 명령에 복창하는 소리가 배 전체에 울려 퍼졌다. 어군 주위를 돌며 최상의 투망 타이밍을 가늠하던 우리 배는 어군의 움직임에 맞춰 좌우로 급선회를 반복했다. 금방이라도 투망할 것처럼 선내엔 긴장감이 감돌았다. 눈앞에 백파가 피어오르자 선장님은 지금이 타이밍이라는 것을 금세 알아채셨다.

"알피엠 풀!"

"풀~!"

"자, 올 스탠바이! 스키프 보트, 렛 고!"

드디어 거침없는 투망 명령이 떨어졌다. 먹잇감을 쫓던 어군 주위로 순식간에 커다란 백파가 일어났다. 스키프 보트가 그물의 끝자락을 잡고 달리기 시작하면 배에 있는 그물이 바다로 빨려 들어가며 어군의 길목을 막는다. 본선과 스키프 보트가 다시 만나기까지는 10분 남짓. 그 사이 바닷속에는 어군을 중심으로 큰 원을 그리듯 방대한 그물이 쳐진다.

"마지막 부이, 렛 고!"

갑판장이 이제 그물이 얼마 남지 않았음을 알렸다. 그 사이 어군을 중심으로 한 바퀴를 돈 스키프 보트가 배의 선수 쪽으로 다가오고 있었다. 이제는 일등항해사인 내가 본선을 몰아서 스키프 보트와 만나야 했다.

이때 배의 방향과 적정거리를 알맞게 유지하는 게 아주 중요하다. 그물을 넘겨받는 장치가 다 본선의 왼쪽에 있기 때문에, 스키프 보트와 본선이 다시 만날 땐 스키프 보트가 본선의 왼쪽 옆구리 안으로 들어와야 한다. 본선의 뒤편에서는 그물과 와이어를 잡고 있어서 배가 우현으로 선회하면 그물이 와이어에 감겨 버리거나 와이어가 스크루에 감길 수 있다. 또 너무 좌현으로 틀어도 스키프 보트가 본선의 선수를 잘못된 방향으로 지나칠 수 있다. 스키프 보트로부터 그물 끝자락을 안전하게 넘겨받으려면 적절히 방향을 틀며 거리를 유지해야 하는데, 이는 오로지 키를 잡고 있는 일등항해사의 몫이다.

다행히 투망이 잘 마무리되어 스키프 보트로부터 반대쪽 그물을 넘겨받았다. 넓은 그물 안에서 백파가 피어오르고 있었다. 둥글게 펼쳐진 그물 밑자락을 조이는 퍼싱이 한창이었다. 지름이 30밀리미터가 넘는 굵직한 와이어 두 줄이 바다로 향해 있었다. 보이지 않는 물속을 오로지 두 가닥의 와이어 방향으로 예측하며 그물 밑자락을 조이는 작업이다.

이 모든 작업 동안 일등항해사는 각종 윈치와 파워블록을 작동할 수 있는 콘솔에 있어야 한다. 원활한 조업을 위해 콘솔에서 레버를 작동하면서 갑판장과 함께 상황을 진두지휘해야 하기 때문이다. 직접 갑판에 나가 그물을 잡고 고기를 던져야 하는 이항사와 삼항사 때와는 확연히 다른 업무다. 바다에서 똑같이 고기를 잡지만 해수 한 방울, 생선 한 마리 만지지 않고도 작업할 수 있다.

양망 작업과 어로 활동을 할 때 일등항해사의 주요 근무지인 콘솔

그물을 걷어올리는 양망 작업을 하는 동안은 레버를 조작하고, 스키프 보트와 네트 보트에 오더를 내리면서 안정적인 망형을 유지해야 한다. 그러지 않으면 고기보다 큰 그물코 사이로 어군이 모두 빠져나가기 때문에 모든 상황을 내다보면서 원활하게 양망 작업을 이끌어 가야 한다.

손만 까딱하면 되니 편해졌다고 생각할 수 있지만, 내 손끝에서 사람이 다칠 수도 있고, 내 잘못된 명령으로 인해 힘들게 잡은 고기가 다 빠져나갈 수도 있다. 이항사, 삼항사 때보다 육체노동은 줄었어도 정신적인 스트레스는 몇 배가 된 셈이다.

마무리는 다마대로 불리는 커다란 바구니로 그물 속 고기들을 본선에 퍼 올리는 작업이다. 바구니라고 하니 작아 보일 수 있지만, 다마대 작업 한 번에 약 5톤, 시가 약 1,000만 원 상당의 고기가 어창으로 들어간다. 이 역시 일등항해사의 레버 조작으로 이뤄지는데, 보통 300톤 정도의 양을 어창으로 옮기기까지 약 2시간은 발 한번 떼지 못하고 다마질을 해야 한다.

그래도 고기가 어창에 들어갈 때만큼 행복한 시간은 없다. 작업 내내 곤두섰던 감각이 스르르 누그러지면서 모든 스트레스가 사라져 버린다. 일과를 마치고는 방에 돌아와 맥주 한 캔을 마시며 하루를 정리한다. 가장 평화롭고 걱정 없는 시간이다.

이런 주 업무 외에도 일등항해사의 업무는 이항사, 삼항사 때와는 많이 달랐다. 선원 관리, 재고 관리, 부식 관리, 쓰레기 관리 등 그동안 누군가 해줬기에 무심코 지나쳤던 자잘한(?) 일들이 실은 절대 사소하거나 당연한 일이 아님을 깨닫게 된 순간이 많았다. 별일 아니라고 지나쳐 버리면 조업에 큰 손실을 가져올 수도 있는 중요한 일이었다.

선내 전반적인 행정을 책임져야 하다 보니 항상 내 머릿속은 지금 당장이 아닌, 다음에 해야 할 일들로 가득했다. 뭐든 부족하거나 문제가 생기지 않으려면 미리 대비를 해야 하는데, 평소에 해오던 업무가 아니라서 '이게 맞나? 저게 맞나?' 머릿속이 복잡했다. 이게 은근히 큰 스트레스라서, 아무 생각 없이 했던 육체적 노동이 그리워질 때가 한두 번이 아니었다.

다행히 이런 걱정은 한 달이 지나고 두 달이 지나면서 자연스럽게 해결됐다. 반복만큼 좋은 훈련은 없다더니 처음엔 자꾸 놓치고 실수하던 일들이 어느새 몸에 익어 새로운 루틴으로 자리 잡았다. 잘할 자신이 없어서 매일 밤 '나는 일등항해사 자격이 없는 걸까?' 하며 괴로워했는데, 돌덩이 같던 열등감도 하루 이틀 견디다 보니 어느새 가벼워졌다. 뭐든 처음이 어렵지, 참고 노력해도 안 되는 건 많지 않은 것 같다. 중요한 건 포기하지 않고 견디는 것이다. 어디서나 이게 제일 중요하다.

선상 반란이 일어났다?!

패밀리아호에 승선하고 얼마 되지 않았을 때였다. 일과를 마무리한 후 기분 좋게 샤워하고 나왔는데 객실 밖에서 웅성거리는 소리가 들렸다. 뭔가 심상찮은 느낌이 들어서 급하게 옷을 챙겨입고 밖으로 나왔더니 외국 선원 대다수가 선장님 방문 앞에 모여 있었다. 나를 본 외국인 선원들은 아무 말도 하지 않았지만, 분위기로 보아 뭔가 심각한 일이 벌어진 게 틀림없었다.

사건의 전말은 이랬다. 코로나로 인해 연안국들의 공항이 폐쇄되면서 외국 선원이든 한국 선원이든 어기 계약이 종료되고도 제때 어기 교대를 하지 못했다. 운반선을 통해서만 교대가 가능했는데, 운반선의 승선 정원이 한정적이라 한 번에 교대할 수 없었다. 운반선을 타고 한국에 들어간다고 한들 한국에서도 공항이 폐쇄된 건 마찬가지라서 외국 선원들이 고향으로 돌아갈 항공권이 언제 열릴지 알 수 없는 상황이었다.

그런데 이전 교대자들이 다음 선장이 오면 순차적으로 교대를 시켜줄 것이라는 말을 남겨놓고 가서인지, 오랫동안 고국을 방문하지 못한 선원들이 단체로 집에 보내 달라며 찾아온 것이었다. 하지만 전임자들이 한 약속을 처음 듣게 된 선장님과 나는 당황할 수밖에 없었다.

상황이 이렇게까지 커진 데에는 전임자의 잘못된 운영방식도 한몫했다. 전 선장님은 선내 와이파이 속도가 느리다며 본인만 독식하다시피 인터넷을 사용하고 있었다. 그러다 내가 부임한 후 와이파이 비밀번호를 변경하고 선원들도 매일 일정 시간을 사용할 수 있게 열어주었는데, 이게 화근이 됐다.

인터넷을 하지 못할 때는 모든 배들이 우리처럼 코로나로 꼼짝없이 연장 조업 중인 줄 알았던 선원들이 일부 배에서 교대가 이루어진 것을 알고는 생떼를 쓰기 시작했다. 계약이 더 오래된 배부터 순차적으로 교대 중이라 우리 배 선원들 교대는 앞으로 5, 6개월 뒤에나 이뤄질 예정이었다. 당장 내일부터 조업에 참여하지 않겠다며 바닥에 드러누운 이 선원들을 데리고 앞으로 6개월을 더 조업하는 게 과연 가능할까?

선장님은 막무가내로 찾아온 선원들에게 화가 나셨는지 다 집에 가버리라며 방문을 닫아 버리셨다. 선장님 기분이야 이해하고도 남지만, 함께 대처해도 모자란 판국에 나만 두고 들어가시다니! 후…. 새로운 배에 올라오자마자 이게 무슨 꼴이람. 어제의 친구가 오늘의 웬수가 되었다. 정말 보내주고 싶어도 보내줄 방법이 없는 걸 모르는 선원들이 야속했지만, 못 보내주는 게 아니라 안 보내주는 거라 생각하는 그들을 설득하는 게 급선무였다.

어르고 달래는 건 젬병이었지만, 선원들을 불러 놓고 솔직하게 말해줬다. 집에 보내주고 싶어도 갈 수 있는 상황이 아니고, 앞으로 5, 6개월은 더 조업해야 한다고. 교대가 이루어진 다른 배 선원의 경우, 계약이 끝나고 1년을 더 연장 근무하다가 집에 돌아가게 된 거라는 점도 알려주었다. 대신 이 상황에 대한 보상으로 계약이 끝난 선원들에게 매달 100~200달러의 임금을 올려줄 계획이라는 말도 빼놓지 않았다.

그래도 선원들은 하선을 원했다. 한 선원은 애가 태어난 지 2년이 넘어가는데 얼굴 한번 보지 못했다고 했다. 한 선원은 어머니가 아프셔서 수술을 받아야 하는데, 당장 돈이 없어 자신이 수중에 있는 돈을 들고 가야 한다고 했다. 또 다른 선원은 이미 3년 넘게 승선하고 있어서 하루빨리 고국으로 돌아가고 싶다는 말을 몇 번이고 되풀이했다.

보통 계약 기간이 1년이 조금 넘는 나도 계약 종료가 다가오면 돈이고 나발이고 하루빨리 집에 갈 생각뿐인데, 이렇게 장기간 배를 타야 하는 외국 선원들은 얼마나 하루하루가 고통스럽고 힘들까, 마음이 무거웠다.

모두 저마다 간절한 이유로 하선을 원했다. 이럴 때 선원들에게 입에 발린 말은 의미가 없었다. 최선을 다해 상황을 설명하고 돈이 정말 급한 선원에게는 내 돈으로 먼저 송금해 준 뒤 나중에 돌려받았다. 전선한 지 얼마 되지 않은 배에서 왜 나만 이렇게 고생을 하나 싶다가도 돌발상황이나 혼란을 수습하는 것 역시 일등항해사가 해야 할 업무라고 생각하니 억울하지는 않았다.

내가 할 수 있는 일이 많지 않았기에, 그냥 선원들이 하는 이야기를 오래도록 들어 주었다. 다행히 이야기가 마무리될 즈음엔 외국인 선원 모두 상가수리 하러 한국에 가는 날까지 승선하기로 암묵적인 협정이 맺어졌다. 휴! 어제의 웬수가 다시 오늘의 친구가 되었다. 덕분에 6개월 뒤, 상가수리를 위해 한국에 입항할 때까지 선원들과 탈 없이 즐겁게 선상 생활을 이어갈 수 있었다.

외국인 선원은 머릿수는 많아도 한국 국적의 선박에서는 약자일 수밖에 없다. 그렇기에 그들의 편에 서서 한 번 더 생각해 보고 대변해 주려고 노력하고 있다.

가족처럼 지낸 패밀리아호의 선원들

    물론 외국인 선원 중에도 빌런은 있다. 폐쇄적인 환경에서는 누구나 여러 가지 얼굴을 가지기 마련이고, 그래서 누가 언제 어떻게 변할지 알 수 없다. 하지만 그렇기에 이곳에선 더욱 '진심'이 중요하다. 이번 선상 반란 때도 당장의 상황을 모면하는 말보다는, 선원들에게 진실을 알리고 함께 방안을 모색하려고 애쓴 모습이 통한 거라고 생각한다. 덕분에 좋은 해결책이 나왔고, 남은 기간 동안 패밀리아Familia라는 이름답게 함께 춤추고 노래하며 가족처럼 화목한 관계를 이어갈 수 있었다.

2년 만의 상가수리

바다에서는 육지보다 노화가 빠르다. 배를 타기 전에는 나이보다 젊어 보인다는 소리를 곧잘 들었다면 요즘은 '왜 이렇게 삭았냐' 소리를 많이 듣는다. 거친 바닷바람과 내리쬐는 자외선, 그리고 사방에서 튀어 오르는 해수와 맞서 싸운 결과랄까.

사람뿐만 아니라 배도 마찬가지다. 거친 파도를 뚫고 다니다 보니 말끔했던 외판도 다 벗겨지고, 선체에 거무튀튀한 파래가 붙기 시작하면서 선명하던 배 이름은 어느새 식별조차 어려워진다. 부식된 철판에서 흘러내리는 녹물은 얼굴에 자리 잡은 주름처럼 처량하기까지 하다. 외판뿐이 아니다. 진짜 노화는 겉모습이 아닌 몸속 장기부터 찾아오듯이, 엔진도 마찬가지. 쉼 없이 항해하다 보니 잔고장이 자주 찾아온다. 그때그때 배에서 수리를 하지만 제대로 검진받지 않으면 엔진의 피로는 누적될 수밖에 없다. 말끔히 수리해서 한국을 떠난 배도 2년쯤 지나면 출항 당시의 모습은 어디서도 찾아볼 수 없다.

내가 승선한 패밀리아호도 한국을 떠난 지 2년이 지났다. 선원들만큼이나 패밀리아호에도 조업의 피로가 가득 쌓였다. 투망할 때마다 그물을 잡아주고 본선을 끌어주는 스키프 보트는 자주 시동이 꺼졌고 새까만 연기를 뿜어대며 불까지 났다. 브리지에 있는 전자해도도 고장 나서, 정말 오랜만에 해도실을 뒤져 해도를 찾고 항해용 컴퓨터가 아닌 조업용 위성 부이 컴퓨터를 이용해 코스를 잡아 한국으로 향했다. 상가수리를 받기 위해서다. 선망선의 경우 2년마다 한 번씩 한국에서 대대적인 수리를 받는다. 드라이 도크에서 배를 육지로 올려 외판은 물론 배의 선수부터 선미까지 모조리 수리하는 환골탈태의 시간이다.

한국으로 코스를 잡은 지 일주일이 흐르고, 저 멀리 부산 앞바다의 오륙도 등대가 환히 우리를 반겨주었다. 다시 만난 부산항의 야경은 겨울 추위도 잊게 할 만큼 행복한 풍경이었다. 2019년 5월에 한국을 떠나 2021년 12월에 돌아왔으니, 32개월 만의 귀환이었다. 옛날에는 마지막 조업을 마치고 부산으로 발길을 돌릴 때면 으레 배 전체에 조용필의 <돌아와요 부산항에>를 틀어줬다고 한다. 그 노래를 들으며 어떤 선원은 기뻐 따라 부르는가 하면 어떤 선원은 눈물을 흘리며 향수를 달랬을 것이다.

날이 밝자 선박의 입출항을 인도하는 파일럿이 승선하고, 드디어 입항했다. 육지가 반가웠지만 코로나 검사 때문에 바로 땅을 밟을 순 없었다. 망망대해에서 참치만 잡던 선원들이라 당연히 전원 음성 판정이 나왔다. 상륙 허가가 떨어지자 수리업체들이 물밀듯이 들어와 수리할 곳을 체크하기 시작했다. 빨리 일을 마치고 연말을 즐기고 싶었는지, 업체 직원들은 어느 때보다 전투적으로 묻고 견적을 내며 빠르게 수리 요청서를 받아갔다.

점심때가 지나자 사람들이 하나둘 빠져나가더니 오후 3시가 넘어서는 선원들과 그물 하륙을 하는 업체 직원만 보일 뿐이었다. 그리고 오후 8시가 다 돼서야 모든 하륙 작업이 끝났다.

부산항에서는 그물과 선용품을 하륙하고, 다시 통영으로 배를 옮겨 어창에 가득 찬 고기를 하역했다. 가는 항구마다 코로나 검사를 해야 해서 번거로웠는데, 검사 결과가 나올 때까지 매번 히터도 틀지 않는 배에서 자야 했다. 그래도 한국에서의 하역은 노조에서 나와 직접 한다. 매번 하역만 하는 선수들이기 때문에 우리가 해야 할 일이 거의 없었다.

선장님께서 달콤한 휴가를 주셔서 정말 오랜만에 고향집에 갈 수 있었다. 꼬박 36개월 만에 보는 가족이었다. 부모님은 나를 보자 버선발로 뛰어와서 안아주셨다. 마주 잡은 부모님의 두 손이 어째 뱃일하는 아들 손보다 더 거칠었다. 매일 보는 얼굴이라면 잘 몰랐겠지만 오랜만에 뵈니 세월의 풍파가 두 분을 얼마나 할 퀴고 갔는지 단박에 알 수 있었다. 늙어 버린 아버지 어머니 모습에 마음이 많이 아팠는데, 두 분은 "왜 이렇게 얼굴이 안됐냐"며 자식 걱정부터 하셨다.

가족들과 행복한 휴가를 보내고, 다시 통영에서 목포로 배를 몰았다. 목포 대불 조선소에 배를 올리면서 본격적인 수리 작업이 시작되었다. 드라이 도크에 물을 채워 배를 넣은 다음, 입구의 문을 닫고 내부 물을 뺀 다음 수리 작업을 한다.

상가수리 전후 과정을 볼 수 있게 사진을 찍어 두었다

도크의 물이 빠지자 오랜 시간 물속에 잠겼던 패밀리아호의 선체가 서서히 모습을 드러냈다. 강력한 고압의 물을 분사하는 워싱 작업이 시작되자 거뭇거뭇한 파래로 뒤덮였던 선명船名이 또렷이 보였다. 분사된 작은 인공 모래알들이 외판에 부딪히며 배를 노랗게 물들인 녹을 벗겨냈다. 녹이 떨어져 나간 자리에는 부식을 막아주는 프라이머를 채웠다. 겨울 바다의 강한 바람과 계속 내리는 눈으로 수리가 지연됐지만 점점 새 배의 모습을 찾아가고 있었다.

내부는 더 세심한 관리가 필요하다. 원양어선에는 희한하게 빈대가 기생한다. 나는 삼등항해사 때 빈대에 호되게 당한 기억이 있어서 항상 소독을 철저히 한다. 그래서 내 방에는 빈대가 없지만 다른 선실에는 늘 빈대가 있었다. 추운 겨울에 박멸하지 않으면 바다에 나가서 고생한다는 생각에 그동안 썼던 침구류와 커튼을 모두 폐기하고 공실 상태에서 대대적인 소독을 받았다.

메인 엔진과 발전기, 항해 기기 점검은 물론, 항해사들도 승선에 필요한 필수 교육을 받았다. 배에 실린 보트와 헬기까지 조업에 쓰이는 모든 것을 모조리 수리하는데, 특히 이번에 말썽이 심했던 스키프 보트는 기관장님이 하루도 빠짐없이 보트에 올라가 체크하며 함께 수리를 진행했다. 아침마다 숙소에서 출근하며 바라보는 배의 외판 도장상태로 수리가 얼마나 진행되었는지 짐작

상가수리 완료 후 말끔해진 패밀리아호의 앵커에 앉아서

할 수 있었다. 선명조차 보이지 않던 패밀리아호에 새하얀 이름
이 적히자 배는 다시 바다로 나갈 준비를 마쳤다. 그사이, 귀국을
그토록 희망하던 외국 선원들도 전부 하선하여 집으로 돌아갔고,
이제 막 계약서에 서명한 새로운 선원들이 배로 올라왔다.

서서히 도크장에 물이 차오르자 배가 부상했다. 목포 대불 조
선소를 빠져나간 패밀리아호는 처음 입항했던 부산 감천항을 다
시 찾았다. 그곳에서 다 못한 수리를 마무리하고 그물과 선용품,
부식을 받아 다시 출항할 예정이었다. 여기 교대가 아닌 수리를
위한 입항이라 한국에 머문 기간은 짧았지만, 상가수리 덕분에
누린 꿈같은 40일의 행복이었다. 그리고 새해의 설렘이 아직 가
시지 않은 2022년 2월 어느 날, 말끔한 모습의 패밀리아호는 기
적를 울리며 다시 태평양 조업지로 향했다.

선상의 응급 처치

어둠이 내려앉은 타라와 묘박지에 아직 하역 작업이 한창이었다. 붐대마다 설치된 LED 라이트가 갑판을 환하게 비추고 있었다. 작업등이 너무 밝은 탓에 맑은 하늘에 뜬 별빛이 모두 묻히고 말았지만 하늘 한번 올려다볼 여유도 없는 밤이었다. 목고 가득 담긴 고기를 수백 번째 운반선으로 넘기는 중이었다.

"한 목고만 더 올리고 파지 올립시다!"

상처가 생겨서 상품 가치가 없는 고기를 파지라고 한다. 하역 중엔 한쪽으로 빼두고 작업을 마무리할 때 한 번에 치우는데, 파지를 모아두면 연안국의 대리점에서 회수해 가기도 하고 '워킹맨'이라 부르는 현지 인부가 가지고 가기도 한다. 꽁꽁 얼어 있던 참치도 처리실 바닥을 나뒹굴며 서서히 녹아 물렁해진다.

밤 10시 무렵, 드디어 오늘 하역이 종료되었단 소리가 들렸다. 아침 7시부터 어창에서 고기를 던지기 시작한 선원들에겐 꿀 같은 순간이다. 마지막 목고가 운반선으로 넘어가고, 처리실에서 파지 정리를 시작하자 나도 슬슬 콘솔을 정리하며 하루를 마무리할 준비를 했다. 그런데 처리실이 유난히 소란스러웠다. 목고돌이[28]를 하던 삼등항해사가 다급히 나를 불렀다.

"큰일났어요! 이기사 형이…!"

"이기사가 왜? 뭐?"

"컨베이어에 손이 끼었어요!"

"뭐?"

사고 소식에 부리나케 처리실로 뛰어 내려갔다. 배에서 사용하는 장비 중에는 위험한 장비가 많다. 무심코 사용하거나 부주의로 작동하게 되면 다치는 것은 예삿일이고 목숨까지도 위험할 수 있다. 그중 하나가 바로 컨베이어다. 처리실 중앙에 길게 연결돼 있는데, 컨베이어 양옆으로 어창이 줄줄이 연결돼 있어서 어창에 고기가 들어가거나 나올 때 이 컨베이어를 타고 이동하게 된다. 처리실이 길어서 대부분의 선박에서는 두 대의 컨베이어를 연결해 사용하는데, 두 컨베이어를 잇는 좁은 틈에 이등기관사의 손이 낀 것이다.

---

28 처리실에서 목고에 고기가 쌓이면 카고를 감아 달라는 신호를 보내는 역할자를 이렇게 부른다.

'크게 다치면 안 되는데…. 팔이 빠져야 할 텐데…. 지금 밤 10시라 병원도 안 열었을 텐데…. 맞다, 코로나라서 밖으로 나가지도 못하잖아?'

오만 가지 생각을 하며 처리실로 들어가자 손을 부여잡고 비명을 지르는 이기사가 보였다. 어찌나 괴로워하는지, 기관실의 시끄러운 기계 소음은 이기사의 비명에 묻히고 말았다. 옆에 있던 일등기관사가 나를 다급히 불렀다.

"초사, 빨리 와봐라. 이기사 이거, 손 다 아작났다. 어쩌면 좋누?"

손은 이미 피가 범벅이 되어 형태도 알아보기 힘들었다. 급한 대로 기관실에서 사용하는 헌 옷 뭉치로 상처를 감싼 뒤 브리지로 자리를 옮겼다.

"뭐 한다고 거기에 손을 넣었냐…."

"파지가……."

꽁꽁 언 참치는 컨베이어 사이의 틈도 문제없이 잘 통과하지만, 다 녹아버린 참치 파지는 흐물흐물해서 컨베이어 사이에 끼는 경우가 있다. 컨베이어가 작동 중일 때는 절대 금물인 행동이건만 아직 경험이 많지 않은 이등기관사가 파지를 빼내기 위해 손을 댄 순간 같이 빨려 들어가 버린 것이다. 다행히 멀리서 이를 지켜본 기관사가 바로 장치를 멈췄고, 팔과 머리까지 빨려 들어가는 불상사를 막을 수 있었다. 만약 그랬다면 이등기관사의 팔을 컨베이어에서 꺼내는 데에만 몇 시간은 걸렸을 것이다.

상처를 임시로 감싼 헌 옷을 치우고, 브리지에 비치된 붕대를 새로 감았다. 그리곤 이기사한테 이대로 샤워실에 들어가서 몸을 씻으라고 했다. 어창의 고기를 옮기다 사고가 나서 온몸에 비린내가 진동하고 위생적으로 좋지 않았기 때문이다.

이기사가 샤워하는 동안 회사에 연락해 현지 병원으로 이송 가능한지 물었다. 회사로부터 온 회신은 예상대로였다. 대신 내일 의사가 직접 방선하여 진료를 볼 수 있도록 조치하겠다고 했다. 한국의 해양의료 연구센터에도 원격으로 상황을 설명하고 의료 원조를 요청했다.

씻고 나온 이등기관사의 손을 자세히 살펴보았다. 돌아가는 컨베이어에 살이 계속 밀리면서 조직이 많이 손상됐지만, 불행 중 다행으로 뼈에는 이상이 없어 보였다.

"봉합하자!"

울부짖던 이기사가 당황한 표정으로 나를 쳐다봤다.

"여기서요?"

심하게 살이 밀린 손가락은 나중에 성형을 해야겠지만, 배에서 할 수 있는 처치는 해야 했다. 배에는 전문 의료팀이 없기 때문에 항해사들은 이런 일에 대비한 교육을 받는다. 이를 의료관리

자라고 하는데, 육지에서 주사법, 봉합법, 응급처치법, 선박위생법 등을 교육받고 시험을 통과하면 면허를 받을 수 있다. 패밀리아호에서는 선장님과 항해사 모두 과정을 이수한 터라, 기본적인 응급처치는 좋으나 싫으나 우리가 담당해야 했다.

일단 지혈이 급선무라 선장님 방에서 선장님과 바로 봉합에 들어갔다. 담뱃불을 붙여 이기사 입에 물려준 뒤 내가 수술용 장갑을 낀 손으로 이기사의 살점과 살점을 찾아 이어주면, 선장님이 의료용 실과 바늘로 손상된 부위를 봉합했다. 제짝의 살을 찾기도 힘들었지만 몸부림치는 이기사를 단단히 붙들어야 하는 일등기관사도 정신없어 보이기는 매한가지였다. 방 안에 담배 연기와 비명이 가득했다. 마취도 없이 바로 진행했기 때문에 고통이 엄청났을 것이다.

봉합이 끝나고, 이기사에게 진통제와 항생제를 주사해 줬다. 끔찍하던 비명은 잦아들었지만, 여전히 괴로움 가득한 신음이 선실 밖까지 새어 나왔다.

"후……. 내가 좀 더 주의를 줬어야 했는데."

상황이 진정된 뒤, 자책하는 일등기관사에게 나는 그런 말 말라며 고개를 저었다. 후회해 봤자 늦었고 되돌릴 수 없는 일이었다. 그렇기 때문에 배에서는 항상 긴장해야 하며, 잘 모르는 일에

는 나서지 말라는 말을 많이 한다. 안타깝게도 오늘의 사고는 이 기사가 그 둘을 간과한 결과였다.

급한 불은 껐지만, 아직 큰 문제가 남아 있었다. 제대로 치료하려면 한국에 가야 하는데 빠른 귀국이 요원했다. 원양어선의 가장 큰 단점이 아닐까 싶다. 태평양 주변 섬나라들의 의료 시설은 한국과는 비교할 수 없을 정도로 열악하다. 엑스레이 기계 하나 없는 나라가 허다하고 제대로 된 의사가 맞나 싶을 정도로 의료 수준이 미덥지 않다. 그런데 한국에 가려고 해도 최소 일주일은 걸리니, 응급 상황에선 이보다 열악한 환경이 없는 것이다.

더군다나 지금은 코로나 시국. 공항들이 전면 폐쇄되어 운반선을 타고 간다고 한들 최소 보름 이상이 걸린다. 그렇다고 이 상태로 계속 승선하면 심하게 흉이 남을 게 분명했고, 배에 남는다고 한들 한 달 이상은 정상 업무가 불가능했다. 항공편을 알아본 선장님은, 다행히 파푸아뉴기니의 공항이 열린 상태라 출항해 그곳으로 가서 항공편으로 입국하는 방법을 찾아내셨다.

상황이 정리되고 침대에 누우니 새벽 3시가 지나 있었다. 기절한 듯 잠들고 아침 7시에 일어나 다시 하역을 시작했다. 손이 아파서 밤새 잠을 설친 이기사가 걱정 어린 표정으로 물었다.

"저, 하선해야겠죠?"

"음…. 가서 치료를 받아야겠지. 근데 네가 잘 선택해야 해. 운반선으로 가는 건 한 달 정도 걸리고, 본선도 출항해서 파푸아뉴기니까지 가는 데 얼마나 걸릴지 몰라. 우선 잘 치료받고 다시 나오면 된다."

운반선을 선택한 이기사는 다행히 한국에 귀국해 여러 차례 수술을 받고 완치되어 다시 바다로 돌아왔다. 뼈아픈 경험 덕에 이전의 어리숙함일랑 진즉에 벗어 버리고 이제는 위험 요소를 먼저 캐치해 주의하는 성숙한 승선 생활을 하고 있다.

임시 조리장의 고뇌

불에 달궈진 팬에 참기름을 두르고 물에 불린 미역과 해동시켜 놓은 소고기를 넣고 마구 볶아냈다. 미역의 바다 향과 소고기의 육즙이 참기름과 만나 기가 막힌 냄새를 풍겼다. 이제 여기에 물과 다진 마늘을 넣고 푹 끓이면 미역국 완성이다.

"음~ 완벽한데? 삼항사, 간 한번 봐봐."

꽤 그럴듯하게 만든 미역국을 삼등항해사에게 먹여주며 맛 평가를 부탁했다.

"음…. 형, 먹어봤어요?"

"아니."

"한번 먹어봐요."

모양새는 완벽한데 맛이 2% 부족했다.

"음…. 다시다가 어디 있지?"

다시다를 첨가한 후 확신에 찬 목소리로 다시 삼항사에게 한 국자 건넸다.

"음…. 그래도 아직 부족한데…."

"그래? 흠… 미원이 어딨더라?"

주방의 최종 병기인 미원을 한 숟가락 퍼넣고는 다시 삼항사의 입만 살폈다.

"오, 끝내줘요!"

역시. 주방에선 다시다로 못 살린 맛의 밸런스를 미원이 심폐 소생시켜 주는 일이 많다. 미원을 만든 사람에게 노벨평화상을 줘도 되지 않을까? 우리 패밀리아호의 밥상에 이렇듯 평화를 가져다주니 말이다.

"자, 다들 식사하세요~!"

이 순간만큼은 나는 원양어선 항해사가 아닌 조리장이었다. 키리바티 타라와에서 이등기관사가 하선할 때 몸이 좋지 않은 조리장님도 같이 내리게 되었다. 그 무렵 패밀리아호의 어획량이 좋지 않았다. 고기가 잘 안 잡히는 날이 많아지자 돈을 벌기 위해 승선한 선원들이 하나둘 내리기 시작했다. 몸이 정말 아플 수도 있으나 가장 하선하기 좋은 핑계 중 하나였기에 그 속을 다 알 수는 없는 노릇. 조리장님의 갑작스러운 하선도 분명 고기잡이가 영향을 주지 않았을까, 짐작만 할 뿐이다.

성과가 중요한 원양어선은 선장에게도 냉혹한 세계가 틀림없다. 위계질서가 엄격한 곳이지만 고기잡이가 원활하지 않으면 선원들의 불만이 쌓이기 마련이고, 면목 없는 선장의 속앓이만 깊어진다. 선장의 말 한마디 한마디가 법인 곳이지만, 저조한 성적이 계속되니 어느새 선원들은 선장 눈치를 보지 않게 되고, 갖가지 이유로 배를 떠나려는 시도를 하게 된다. 어찌 됐든 선원은 돈을 벌기 위해 배를 탄 사람들인 것이다. 그 속을 짐작하면서도 말릴 수 없는 선장은 어찌 보면 정말 외로운 자리인 것 같다.

어찌 됐든 갑작스러운 인력 부족은 배에 남아 있는 선원들이 채워야 한다. 지난번 하선으로 통신장, 조리장, 이등기관사의 자리가 비었다. 이등기관사의 자리는 삼등기관사가, 통신장의 자리는 이등항해사가, 조리장의 자리는 삼등항해사와 일등항해사인 내가 대체하기로 했다.

사람이 부족하다고 조업을 안 하는 것은 아니다. 조업을 병행하되 때가 되면 사이드 역할을 하러 가야 했다. 삼등항해사는 양망을 하는 중에, 나는 코파에서 견시를 하다가도 밥때가 되면 조리실로 향했다. 상황이 어찌 되었든 배를 타는 이유도 다 먹고 살기 위해서가 아닌가. 나는 한 끼를 먹어도 맛있게, 제대로 먹고 싶은 쪽이다. 간혹 먹는 재미가 없는 사람들을 볼 때면 인생의 큰 행복 요소가 빠져서 안 됐다는 생각이 들 정도다.

원양어선의 행복을 책임질 오늘의 저녁 메뉴는 보쌈이었다. 보쌈의 생명은 단연 김치. 채소고에서 단단한 배추 몇 포기를 꺼내 반으로 갈랐다. 배춧잎 사이사이에 소금을 뿌린 뒤 길어온 바닷물에 푹 담갔다. 나는 절인 배추가 유명한 해남 인근 완도에서 나고 자랐다. 겨울이면 부모님을 따라 밭에서 기른 배추를 바닷물에 절여 팔았는데, 그 덕에 배추 절이기는 식은 죽 먹기였다.

살짝 끓인 물에 찹쌀가루를 넣고 나무 주걱으로 휙휙 휘저으니 풀이 완성됐다. 고춧가루를 넣고, 채소고를 탈탈 털어 무도 썰어 넣었다. 그렇게 만든 양념을 절인 배추 사이사이에 넣어 생김치를 만들었다. 싱싱한 김치가 맛있어 보였는지 지나가던 기관장님이 한입 먹어보고는 엄지척을 날리셨다.

한쪽 냄비에는 통삼겹을 삶는 물이 펄펄 끓고 있었다. 조리장 없이도 성공적인 요리가 완성돼 갔지만, 문제가 하나 있었다. 선원의 절반 이상이 인도네시아 사람인데 대부분 무슬림이라서 돼지고기를 먹지 않는다는 것. 이들을 위한 메뉴 하나를 더 만들어야 했다. 삼등항해사가 후다닥 육고에서 생닭을 꺼내 오더니 튀김옷을 입혀 닭튀김을 만들자고 했다. 신발도 튀기면 맛있다는데 닭고기야 말해 뭐해. 다진 마늘과 간장에 조렸더니 시중에서 사

배 안에서 만들어 먹었던 음식들.
일이 고된 만큼 잘 먹어줘야 한다

먹는 딱 그 냄새, 그 비주얼의 간장 마늘 치킨이 완성됐다.

저녁 시간이 되자 작업을 마친 선원들이 우르르 식당으로 내려왔다. 고된 작업 뒤에 먹는 한 끼가 선원들에게 얼마나 큰 낙인지 삼항사와 내가 모를 리 없다. 게다가 오늘은 직접 우리 손으로 요리를 했으니, 선원들이 그 맛을 좋아할지 몹시 초조하고 궁금했다. 조리장님이 밥을 먹는 선원들을 뚫어져라 쳐다보곤 했는데, 다 이유가 있었다. 다행히 한국 선원도 외국 선원도 우리가 만든 음식을 아주 맛있게 먹어 주었다. 음식을 만드는 입장이 되어 보니 남김없이 비운 접시를 볼 때만큼 뿌듯할 때가 없었다. 보쌈 이후로 족발, 닭발 등 다양한 요리를 시도했다. 그중 어떤 요리는 성공하고 어떤 요리는 실패했지만, 초짜 항해사 둘이서 패기 하나로 만든 음식치고는 성공적인 요리였다고 자부한다.

나와 삼등항해사만 조리장 역할을 한 건 아니었다. 하루는 선장님이 직접 내려와 닭고기 카레를 만들어 주셨고, 삼등기관사도 자주 찾아와 간을 봐주고 요리를 도와주었다. 갑판장님도 두 팔 걷어붙이고는 인도네시아 요리를 선보이며 조리장의 빈자리를 무사히 채워나갈 수 있었다.

서른 명 남짓한 선원들의 삼시 세끼를 챙기는 건 보통 일이 아니었다. 뱃일하는 남자들의 식사량도 만만치 않지만, 여러 국적의 선원들 입맛과 문화를 맞추기도 쉽지 않다. 365일 쉬는 날 하루 없이 선원들의 삼시 세끼를 챙겨 주던 조리장님이 새삼 대단하다는 생각이 들었다.

보름 후, 부식과 함께 드디어 새 조리장님이 합류하자 선원 모두 격하게 환영의 인사를 건넸다. 한 사람 한 사람이 다 소중한 보직이지만, 조리장님이 없으니 선내가 엄마 없는 집처럼 그렇게 썰렁할 수 없더라. 누구나 요리를 할 순 있지만, 제대로 요리하는 사람은 귀한 법이다. 미원 없이는 불가능했던 조리장 대행 생활이 그제야 끝이 났다.

최악의 하역지 파푸아뉴기니

파푸아뉴기니는 남태평양 서쪽 끝, 뉴기니섬 동반부에 걸쳐 있는 도서 국가다. 그중 라바울은 동쪽의 뉴브리튼 주에 속한 도시로, 제2차 세계대전 당시 일본 해군 사령부가 점령한 곳이기도 하다. 사방이 열대우림으로 둘러싸여 있어서 아무리 강한 바람도 막아 내는 천혜의 요새라 불렸다고 한다.

아마존과 콩고 다음으로 큰 열대우림을 가지고 있는 파푸아뉴기니는 세계에서 가장 다양한 생물종이 서식하는 곳으로도 유명하다. 이 섬의 특별한 매력 중 하나는 곳곳에서 화산 폭발의 흔적을 직접 확인할 수 있다는 점이다. 1994년 분출된 타부르부르 화산은 30년이 지난 지금도 뜨거운 숨결을 내뿜고 있는데, 연기가 피어오르는 그 장관을 보기 위해 전 세계의 여행자들이 이 고요하고 아름다운 섬나라를 찾고 있다.

하지만 그건 어디까지나 여행자의 시선이고, 원양어선 선원의 눈에 파푸아뉴기니는 그다지 고요하지도 않고 아름답지도 않다. 일단 항구에 들어가는 것부터 여간 곤욕이 아니니 말이다.

보통 연안국의 경우, 도착 예정 시간ETA을 오전 9시로 보고하고 파일럿 스테이션[29]에서 대기하고 있으면 늦어도 1시간 안에 파일럿과 수속관이 올라와 입항 절차를 밟는다. 하지만 라바울은 달랐다. 일단 응답 자체를 하지 않는다. VHF[30] 무전으로 파일럿 스테이션에 도착했다고 죽어라 불러대도 대답이 없다. 오전에는 아예 수속을 밟을 생각조차 하지 않는달까. 기본 3시간, 오래 기다릴 땐 하루 하고도 반나절을 더 기다려야 입항 절차를 진행할 수 있다.

파푸아뉴기니에 처음 입항할 때도 오랜 기다림 끝에 느릿느릿 올라오는 파일럿과 검역관을 만날 수 있었다. 매서운 눈초리의 검역관은 금연 구역인 식당에서 버젓이 담배 한 개비를 입에 물고선 라임 가루에 묻힌 야레카 야자 열매의 씨앗을 질겅질겅 씹어댔다. 씨앗의 색소로 인해 치아 사이사이에 빨간 침이 고였는

---

29 Pilot Station. 파일럿이 승하선하는 지점으로 항구의 입구라고 할 수 있다.

30 선박과 선박 간, 선박과 육상 간 사용하는 해상용 무전기로, 전 선박이 공용으로 사용하는 번호는 16번이다. 주파수 30~300메가헤르츠(㎒), 파장 1~10미터의 전파로, 대기에서 심하게 반사되지 않아 가까운 거리의 통신에 쓰인다.

데, 종이컵에 빨간 침을 찍 뱉어낼 때마다 비위가 상했다.

수속관은 내가 건네준 코로나 백신 접종 증명서를 천천히 훑어보더니, 접종을 하지 않은 6명의 선원 때문에 600달러의 벌금을 내야 한다고 말했다. 입항하기 전에는 미접종 선원이 있어도 라바울에서 접종하면 되니 괜찮다고 하더니 이제 와서 말을 바꾼 것이다. 어처구니없었지만 수속관을 기다리느라 너무 지쳐 버려서 200달러로 합의해 검역을 통과했다. 하지만 입항을 완료하기까지는 아직 세관, 출입국관리소, 수산청까지 갈 길이 멀었다.

다음은 세관 직원이 올라와 전 선실을 뒤지기 시작했다. 서랍이며 침대보까지 들춰가며 꼬투리를 잡아내려 열심이더니 선장님 방에 화분을 문제 삼았다. 입항 시 신고해야 하는 닐 리스트[31]에 화분이 총 3개라서 'PLANT-3'라고 표기했는데 화분 하나에 줄기가 5개 뻗어 있으니 8로 표기해야 한다며 억지를 부리기 시작했다.

"뭐 이런 미친놈들이…"

결국 세관 검사관에게도 100달러를 찔러주고 나서야 세관 검사를 통과했다. 다음은 수산청. 단체로 올라온 수산청 직원들은 부수 어획물(어창에 혼획된 어획물을 말한다) 표기가 누락되었다면서

---

31 Nil List. 무 보유 목록. 신고 없이는 배에서 소지해선 안 되는 물품을 취합해 적는 입항서류다. 여객이나 동식물, 마약이나 무기류 등이 이에 해당하는데, 신고할 경우 소지 가능하거나 입항 기간 동안 입항지에서 보관해 준다.

벌금 3만 달러를 내라고 했다. 결국 수산청에 지불해야 하는 벌금 3만 달러도 300달러로 몸집을 줄여 수산청 직원의 개인 주머니로 들어갔다. 6시간 넘게 기다리게 한 것에 대한 미안함은 전혀 없고, 오로지 자기들 뒷주머니를 채우기 위해 트집 잡기 바빴다. 그러더니 선원들의 신원과 여권을 대조하는 출입국관리소 직원은 올라오지도 않고 수속이 끝났다.

라바울 항구에 자주 들어오는 친구에게 물어보니 처음 들어오는 배들은 유난히 쥐 잡듯이 잡는다고 한다. 그리고 세관이라는 작자는 돈이 떨어지면 언제든 다시 배를 서치하러 올라오니 주의하라고 했다. 라바울에 들어가는 것조차 산 넘어 산이라니, 벌써부터 머리가 지끈거렸다.

하지만 파푸아뉴기니에서의 고통은 이제 시작이었다. 하역 시작을 알리는 소리에 현지인들이 탄 카누가 배 주변에 몰려들었다. 하역 중간중간 나오는 상품성 없는 고기를 가져가려는 것인데, 제집인 양 배 위에 올라오는 것도 스스럼없었다. 분명 검역관은 코로나에 감염될 수 있으니 현지인과의 접촉을 피하라고 했지만 여기서는 통하지 않았다. 어창에서 고기가 가득 담긴 목고가 올라오면 여기저기서 좀비처럼 달려들어 파지를 빼냈다. 파지만 빼내면 괜찮은데 좋은 고기까지 몽땅 빼내려 달려드니 미칠 노릇

목고에서 파지를 가져가는 현지인들

이었다. 그들을 제지하기 위해 경비를 고용해도 결국은 한통속이라 아무 의미가 없었다. 현지인 틈에 끼어 파지를 골라내고 있으니 경비원 복장만 아니라면 누가 현지인이고 누가 경비인지 구분하기도 힘들다.

하지만 경비의 보스가 배에 올라오면 분위기가 달라진다. 보스가 탄 보트가 배 근처에 접근하기만 해도 시장통처럼 북적거리던 갑판이 개미 새끼 한 마리 안 보일 정도로 조용해졌다. 경비 보스는 자기가 지키고 있으면 아무도 못 올라오니 자기만 믿으라며 고기 좀 달라고 했다. 그러면서 아예 어창에서 올라오는 목고에서 큼지막한 황다랑어 다섯 마리를 빼내 자기 보트에 옮겨 실었다. 당최 여기에는 도둑 아닌 사람이 없는 모양이다.

이 나라는 철저한 계급사회로 보인다. 첫 번째로 높은 계급은 입항 수속 때는 보이지 않던 출입국관리소와 수산청 직원이다. 하역이 한창인데 배로 찾아왔다. 하역할 때 배에 찾아와야 고기를 많이 가져갈 수 있다는 것을 알고 있는 녀석들이다. 큼지막한 황다랑어를 10마리가량 챙겨 해맑게 인사하며 유유히 우리 배를 떠나 다른 배로 갔다.

두 번째는 경비와 합의된 의문의 갱단이다. 현지인이 나무로 만든 카누를 타고 온다면 갱단은 단체로 모터가 달린 배를 타고 와 합심하여 고기를 실어 나른다. 이 녀석들에게 제재를 하거나 욕을 하면 늦은 밤 배에 쳐들어와 마체테를 들고 위협하면서 노트북, 휴대폰 등 돈 되는 것은 모조리 뺏어간다. 강력히 대응을 하면 그물이나 코르크 라인을 자르기도 하니 모든 걸 알면서도 배에 올라오지 못하게 강경한 대응을 할 수 없는 것이다.

세 번째는 일반 서민들인데, 앞서 말한 파지 도둑들 외에도 작은 통나무 카누에 바나나, 망고, 파인애플 같은 각종 과일과 채소, 닭, 개 등을 싣고 와서 파지와 바꿔 가는 이들이 있다. 이들은 하역이 끝나는 늦은 시간까지 기다려 정말 상품성 없고 다 녹아버린 진짜 파지만 가지고 간다.

카누에 파지와 교환할 물건을 싣고 온 현지인

파푸아뉴기니의 밤은 낮보다 더 위험해서 야간에는 혼자 당직을 세우는 일이 없다. 다른 섬나라 같으면 낮에 피곤하게 하역을 했으니 한 명씩만 돌아가면서 당직을 서지만, 파푸아뉴기니에서는 그럴 수 없다. 2인 1조가 되어 당직을 서거나, 아예 다음 날 아침까지 모든 배의 문을 잠가 버리던가 둘 중 하나다. 밤도둑이 성행해서 자고 일어나면 뭐 하나 사라지지 않았나 살펴봐야 하니, 별 탈 없이 몸 성하게 전재가 끝나는 것으로 감사해야 하는 곳이다.

그렇게 3~4일에 걸쳐 피 말리는 하역을 끝내면 배에 더는 고기가 없다는 것을 안 현지인들은 다른 배 주위로 몰려간다. 우리처럼 끔찍한 며칠을 보내야 하는 다른 배들을 보면 "아휴, 저기도 고생하겠네" 하며 동병상련의 측은함이 일기도 한다.

6시간 동안 출항수속관을 기다린 끝에 수산청과 세관 직원들이 함께 올라왔다. 얼마나 낯이 두꺼운지 제집인 양 라면에 밥까지 말아 먹고 부식으로 온 참치캔과 담배 한 보루씩 두둑하게 챙기고서야 출항 수속이 완료되었다. 배를 묶어둔 모얏줄을 풀어헤치고 작은 연기를 뿜어내는 타부르부르 화산을 돌아 나와 라바울 항을 완전히 벗어나니 그렇게 속이 시원할 수 없었다.

파푸아뉴기니를 줄여서 PNG Papua New Guinea라고 하는데, 선원들은 비꼬듯 'People No Good'의 약어라고 말한다. 아름다운 자연과 좋은 입지를 가지고 있으면서도 비양심적인 사람들 때문에 좋은 인상을 주지 못하는 게 안타까웠다. 이후로 파푸아뉴기니는 자주 드나드는 전재지가 되었다. 그곳 사람들 성향을 알기에 부당한 대우를 당하는 일은 많이 줄었지만, 지금도 그곳에 입항할 때면 항상 선용금 100달러 정도는 준비해 둔다.

꼬끼와 스노윙

원양어선의 새벽은 고요하다. 아직 날이 밝지 않은 하늘에는 무수히 많은 별이 수놓여 있고, 배는 오직 고기를 쫓아 조용히 칠흑 같은 어둠을 가르고 나아간다. 이런 새벽에 홀로 일어나 당직을 서야 할 때면 나는 배의 좌현 난간에 팔을 기대고 잠깐 밤하늘을 올려다보곤 했다. 별이 유난히 밝은 밤엔 작은 망원경을 들고 익숙한 별자리들을 찾아보기도 한다. 별자리를 잘 모르더라도 나란히 빛나는 세 개의 밝은 별이 오리온자리의 허리임을 모르는 선원은 없을 것이다. 그만큼 밤하늘의 길잡이 역할을 하는 저 별자리를 나는 그냥 '통발'이라고 부른다. 세 개의 별 주변으로 네 개의 별이 사각형 꼴로 감싸고 있는 별자리 모양이 나비나 리본, 모래시계, 방패연 등을 닮았다고들 하는데 어째 선원인 내 눈에는 통발처럼 보이기 때문이다.

뱃전을 때리는 파도 소리를 배경음악 삼아 광활한 우주에 존재하는 저 별들의 신비를 느끼는 이 시간이 내 새벽 당직의 유일한 낙이었다. 꼬끼와 스노윙이 승선하기 전까지 말이다….

"꼬끼오~~~~~~~~!"

당직을 위해 맞춰둔 알람보다 더 일찍, 더 요란한 소리를 내는 닭 울음에 놀라 벌떡 일어났다. 새벽별의 낭만은커녕, 당직을 서지 않은 다른 선원들까지 깨우는 칼 같은 기상 소리에 정신이 번쩍 들었다. 망망대해에 울려 퍼지는 닭 소리라니.

파푸아뉴기니에서 하역할 때 현지인들이 파지와 물물교환하기 위해 이것저것 카누에 실어 오는 것 중 하나가 닭이나 개 같은 가축이다. 하지만 동물을 함부로 태웠다가 검역관에게 걸리면 골치 아파질 수 있기에 살아 있는 동물과는 절대 교환하지 않는다. 그래서 손사래를 치며 돌려보냈었는데, 출항하고 보니 낯선 닭들이 갑판 위를 멀뚱멀뚱 돌아다니고 있는 게 아닌가. 인도네시아인 갑판장이 배에서 잡아먹으려고 데려왔다고는 하지만 배에서 동물을 키운 적이 없어 여러모로 난감한 일이었다.

인간의 난감함 따위 알 바 없다는 듯 녀석들은 의기양양하게 이중갑판 위를 돌아다녔다. 배가 고파 보여서 바나나를 하나 까

갑판장과 스노윙

서 던져 주었더니 여기저기 숨어 있던 닭들까지 모여들기 시작했
다. 하나, 둘, 셋, 넷… 두세 마리만 있는 줄 알았더니 무려 일곱 마
리나 되었다.

갑판장의 부름에 갑판부 전원이 모여 뚝딱거리니 금세 그럴
싸한 닭장이 만들어졌다. 이렇게 된 이상 일곱 마리 다 건강하게
자라길 바랐건만 사육 환경이 안 맞았는지 결국 두 마리만 남게
되었다. 좁은 우리에 가둬 두는 게 미안해서 닭장도 철거하고 밖

에서 자유롭게 돌아다니게 풀어주었더니 그때부터 생기가 돌아왔다.

고기를 잡기 위해 스탠바이를 할 때면 나는 브리지 좌현 밖에 있는 포트 윙으로 나와 선장님의 오더에 맞춰 배를 조선한다. 그럴 때면 닭들이 내 주위로 몰려와 내가 먹던 과자와 라면을 달라고 졸라대기도 하는데, 라면 면발을 바닥에 떨어트려 주면 면치기를 하듯이 호로록 넘기곤 또 달라는 듯이 나를 쳐다보았다. 손에 견과류를 들고 부르면 저 멀리서부터 신나게 달려와 받아먹는 녀석들이 강아지나 고양이 못지않게 귀엽고 기특했다. 매일 밥을 주고 놀아주다 보니 선원들과도 금세 친해져서 어느새 녀석들에게 꼬끼와 스노윙이라는 이름도 생겼다.

꼬끼와 스노윙이 배에 탄 지 한 달쯤 지났을까, 갑판장이 이중갑판 여기저기를 뒤지더니 신선한 달걀 하나를 찾아냈다. 얼마 전부터 수놈인 스노윙이 암놈인 꼬끼 위에 올라타더니 며칠이 지나자 알을 낳기 시작한 것이다. 꼬끼는 하루에 하나씩 착실하게 알을 낳았는데 갑판장은 매일 그 알을 찾아내 아침마다 달걀프라이를 해 먹었다. 매번 자기 알을 가져가는 갑판장에 대한 항의였을까. 원래는 알을 낳고 이리저리 돌아다니며 산책도 하고 밥도 먹던 꼬끼가 알을 깔고 앉은 채로 꼼짝을 하지 않았다.

"유가 맨날 알을 가져가니까 꼬끼가 삐져서 알만 지키고 있잖아!"

나는 이때다 싶어 갑판장을 나무랐다. (그렇게 맨날 저 혼자만 달걀 프라이를 먹더니만!) 어미 앞에서 그렇게 자식을 채가니 꼬끼가 스트레스를 받아 이러는 게 아니냐면서.

하루이틀이면 다시 둥지에서 나와 밥을 먹을 줄 알았던 꼬끼는 꼼짝도 하지 않고 종일 알만 품었다. 그렇게 좋아하는 해바라기씨로 유혹해도 부처라도 된 듯 쳐다보지도 않더니 일주일 만에 밖으로 나와서는 묵은 똥을 싸질러 놓고 굶주린 배를 채우는 둥 마는 둥 하고는 다시 허겁지겁 들어가 버렸다.

악취가 나는 배설물을 치우면서 저렇게 혼신의 힘을 다해 알을 품는 꼬끼가 참 대견하다고 생각했다. 평생 육지에서만 살았을 테니 꼬끼에게도 이 바다는 분명 낯선 곳일 텐데, 제 새끼를 지키기 위해 저렇게 헌신하다니 '이런 게 모성애구나' 싶었다. 다행히 꼬끼가 좋아하는 해바라기씨를 까서 코앞까지 가져다주었더니 허겁지겁 맛있게 먹어댔다. 그렇게 매일 꼬끼의 밥을 챙겨 주던 어느 날, 삼항사가 달려와 기쁜 소식을 전했다.

"항해사님! 병아리 태어났어요!"

"뭐? 진짜???"

살아 있는 동물이 갑판에서 죽는 건 자주 봤어도 배 안에서 생명이 태어나는 건 본 적이 없었다. 그 무렵 우리 배의 관심은 온통 꼬끼와 스노윙이었다. 어쩌면 참치보다 더 큰 관심을 기울였던 것 같다. 한날은 꼬끼가 바다에 빠진 적이 있는데, 하필이면 참치 떼가 먹이활동을 하러 올라온 직후였다. 투망과 구조의 갈림길에서 보통은 투망을 선택하기 마련이지만, 선장님은 잠시 고민하더니 이렇게 외치셨다.

"스키프 스탠바이! ……아니, 아니, 하드 포트! 일단 닭부터 구하자!!"

선장님의 오더를 받은 나는 급하게 배를 돌려 구조에 나섰다. 망망대해에 빠진 꼬끼를 찾는 것도 쉽지는 않아서, 간신히 녀석을 건졌을 땐 이미 물에 흠뻑 젖은 생쥐 꼴이 되어 있었다. 전 선원이 뱃전에 기대 그 과정을 지켜보며 함박웃음을 터트렸던 기억이 난다. 그 정도로 모든 선원의 관심이 닭들에게 쏠려 있었다.

꼬끼와 갓 태어난
병아리들

그렇게 큰 관심 속에서 병아리가 부화할 것인가 말 것인가를 두고 갑론을박을 벌였었는데, 병아리가 태어났으니 경사가 분명했다. 모두들 꼬끼의 집 앞에 몰려가 뚫어져라 꼬끼 배 밑만 쳐다보았다. 엄마 품속에 꼭꼭 숨은 병아리들이 머리를 내밀 때마다 아빠 미소가 절로 나왔다.

이제는 닭이 아닌 병아리를 키워야 했다. '어릴 적 학교 앞에서 팔던 병아리들은 금방 죽어버렸는데 저 조그만 걸 키워낼 수 있을까?' 날지도 못하고 바다가 뭔지, 위험이 뭔지도 모르는 병아리가 쪼르르 달려 그대로 바다에 뛰어들지는 않을까 걱정되었다. 뚝딱 그물망을 설치해 정해진 구역에서 못 나가게 했다. 병아리 모이가 따로 없어서 선원들이 직접 파리를 잡아 병아리들 밥을 먹였다. 파리채로, 파리채가 없으면 손으로, 너나없이 파리 사냥에 나선 끝에 배 안에는 파리 한 마리 남아 있지 않았다.

병아리들과 지내는 시간이 깊어질수록 또 다른 걱정이 생겼다. 어기 교대 시기가 다가와 녀석들과 이별할 준비를 해야 했기 때문이다. 모두 하선하고 나면 꼬끼네 식구들을 돌봐줄 사람도 없기 때문에 녀석들을 어떻게 해야 할지 선택을 해야 했다. 정이 들 대로 들었기 때문에 잡아먹을 수는 없으니 섬나라에 입항하면 그곳에 내려주거나 선박 인수인계를 할 때 꼬끼 가족까지 함께 맡기는 것. 결국 어기 교대를 하는 팀에게 꼬끼네 가족을 인계하며 절대 잡아먹지 않겠다는 약속을 받아냈다. 녀석들 덕에 패밀리아호 어획량이 확 늘었다며 엄청난 길조(?)처럼 포장하는 것도 잊지 않았다. 그런 우리 속을 아는지 모르는지 후임 갑판장은 녀석을 보자마자 잡아먹어야겠다며 짓궂은 표정을 지었다. 농담인 듯 농담 아닌 농담 같은 표정이 몹시 나를 불안하게 했다.

"너희, 얘네들 잡아먹으면 이번 어기 내내 고기 못 잡는 다잉!!!"

결국 나는 원양어선에선 금기어라 할 수 있는 저주의 주문을 걸고 나서야 조금 안심하며 패밀리아호에서 하선할 수 있었다. 이후 꼬끼네 소식은 듣지 못했지만, 어느 섬나라의 자연 속에 자유롭게 풀어주었기를 미안한 마음으로 바랄 뿐이다.

바다 수영 한번 할까?

"기관실 메인 엔진 피니쉬 합시다."

　목적지를 향해 항해하는 배들은 중간에 멈추는 일이 거의 없다. 배가 목적지에 도착하여 입항을 준비하거나, 앵커링을 하기 전까지 메인 엔진을 끌 일이 없는 것이다. 하지만 참치잡이 선망선은 그렇지 않다. 우리의 목적지는 오직 참치이기에, 언제 어디서 떠오를지 모르는 참치를 잡기 위해 망망대해를 떠돈다. 해가 지고 나면 어탐도 투망도 불가능하기 때문에 다른 어장으로 이동하는 경우가 아니라면 메인 엔진을 꺼두고 표류할 때가 많은데, 이를 '배를 띄운다'라고 한다. 배를 띄운다는 건 오늘 작업을 종료한다는 것. 아직 해가 지지 않았지만, 주변에 고기가 보이지 않아 배를 일찍 띄웠더니 갑판부 선원이 찾아와 바다를 가리키며 눈짓했다.

잔잔한 망망대해 속으로 풍덩!

"님! 스위밍 오케이?"

마침 날도 밝으니 오랜만에 바다 수영을 하자는 거다.

"그래! 가자! 다 나와~"

배를 한 바퀴 돌면서 수영할 사람들을 모집했다. 해가 수평선을 넘어갈 즈음이라 거울처럼 잔잔한 바다는 붉은 물감을 풀어놓은 듯 아름다운 색으로 반짝였다. 깊이를 알 수 없는 물 위에 오렌지색 작은 구명부환만 두둥실 떠 있었다. 모든 것이 정지된 듯 고요한 그 풍경 속으로 제일 처음 뛰어든 건 인도네시아 실습항해사 수실로였다.

그의 입수에 고요한 바다의 정적이 깨지며 작은 파도가 일었다. 수실로를 시작으로 선원들은 너나 할 것 없이 바다로 뛰어들었다. 바다에서 다져진 사나이들답게 멈칫대는 사람이 없었다. 입수 후엔 물개처럼 바닷속을 휘저으며 잠수를 해야 겁이 달아난다. 물속에서 머리만 빼꼼 내놓고 끝이 보이지 않는 수평선을 바라보고 있으면 되레 겁이 날 뿐이다.

아직 바다로 뛰어들지 않은 선원들은 누가 더 높은 곳에서 멋진 자세로 뛰어드는지로 경쟁하듯 놀기 시작했다. 분위기가 달아오르자 급기야 이등항해사는 배에서 가장 높은 헬기장까지 올라갔다. 헬기장에서 수면까지는 10미터가 훌쩍 넘었다. 보통 사람들은 엄두도 못 낼 높이지만, 패기 넘치는 이등항해사는 손을 번쩍 들더니 거침없이 바다를 향해 몸을 던졌다. 어디서 본 건 있는지 두 손을 머리 위로 모았지만 팔을 쭉 펴지 않아 자세가 엉거주춤했다. 무엇보다 몸을 수면에 수직으로 꽂아야 덜 아픈 법인데, 이항사의 몸은 거의 수면과 수평을 이루며 배치기 자세로 바다에 처박혔다.

넓은 면적으로 입수하는 바람에 소리도, 물보라도 엄청나서 모두들 놀란 눈으로 이항사가 사라진 곳을 바라봤다. 잠시 후, 구명조끼를 입고 있던 이항사가 두둥실 떠오르며 비명인지 환호인지 모를 소리를 내질렀다. 그 모습이 모두의 웃음벨이라도 된 듯 바다 수영에 참여하지 않던 선원들까지 모두 갑판으로 나와 참전하기 시작했다. 다들 어찌나 겁 없는 개구쟁이들 같은지 영락없이 만화 <원피스>의 한 장면을 보는 것 같았다.

그때 한 선원이 소스라치게 놀라며 소리쳤다.

"샤크!! 샤크!!"

배를 띄워 놓다 보면 주변으로 상어가 붙기 시작한다. 사람을 공격하는 식인 상어는 아니지만 그렇다고 아예 안전한 것도 아니다. 즐거운 물놀이장이 갑자기 영화 <죠스> 속 공포의 한 장면이 되었나 싶겠지만, 선원들은 과민하게 반응하지 않는다. 그저 슬슬 물놀이를 끝낼 때가 됐다는 신호처럼 여길 뿐이다.

모두가 안전하게 배 위로 올라오고, 각자 샤워를 한 후 식당에서 다시 모였다. 에어프라이어에선 즉석 치킨이 익어갔고, 오랜만에 팬을 잡은 이등기관사는 특별 감바스 요리를 선보였다. 누가 먼저랄 것도 없이 손발을 척척 맞춰가며 한 상 차려낸 선원들은 비좁은 방에서 신문지를 깔고 둘러앉아 시원한 맥주 한 캔을 들이키며 자유 시간을 즐겼다.

원양어선에서는 매일이 반복이다. 하는 일이 늘 비슷하다 보니 내가 어떤 일을 한 게 어제였는지 그제였는지 늘 헷갈리고, 타성에 젖어 버리기도 쉽다. 망망대해의 무기력함이 선원들 사이에 퍼지는 것이 싫어 선원들과 어떻게 시간을 보내면 좋을까 고민하

붕대 끝에 연결된 로프를 잡고 타잔처럼 바다에 뛰어드는 선원들

다가 중간중간 같이 고기를 구워 먹고, 포커를 치기도 하고, 물놀이를 하자고도 해보았다. 짧게라도 함께 즐기며 지루한 선상 생활에 조금이나마 특별한 추억을 남겨주고 싶어서다.

    매일 고단한 작업의 연속이지만, 선원들이 하루를 고단함으로 마무리하지는 않았으면 한다. 일등항해사의 공식 업무 영역은 아니지만, 선원들의 복지를 생각하게 되는 건 어쩔 수 없는 것 같다. 자리가 사람을 만든다더니. 나, 잘하고 있는 거겠지?

조각가 수딘

원양어선遠洋漁船은 말 그대로 고기를 잡기 위해 육지로부터 멀리 떨어진 바다로 나와 조업하는 배를 말한다. 육지에서 멀리 떨어져 있다는 것은 외로움도 크지만, 육지의 원조를 받는 게 어렵다는 뜻이기도 하다. 남태평양 망망대해를 항해하는 원양어선은 선체 길이가 100미터가 안 되는 작은 배다. 이 안에서 서른 명 남짓한 선원들이 먹고 생활하는 데 필요한 것이나 조업에 급히 필요한 것들을 직접 만들어서 사용하는 경우가 많다.

선원들은 각자가 사용하는 책상이나 의자는 물론, 발판 등 작업 시 필요한 물건을 직접 만들어서 사용한다. 뭐든 말만 하면 뚝딱뚝딱 만들어내는 선원들을 보면 '저런 기술을 갖고 있으면서 도대체 배를 왜 타지?' 하는 생각이 절로 든다. 그만큼 그냥 잘하는 수준이 아니라, 정말 어부가 아닌 목수가 되어도 밥벌이를 할 수 있을 만큼 실력이 대단하다.

패밀리아호에도 숨은 목공 고수가 있었다. 바로 인도네시아 갑판장 수딘! 30년 가까이 배를 탄 수딘은 월 급여가 5,000달러가 넘었다. 인도네시아의 월 평균임금은 300만 루피아(약 183달러) 정도라고 하니, 수딘은 인도네시아 평균의 25~27배에 달하는 급여를 받는 셈이었다.

그렇다고 인도네시아 선원들이 다 그렇게 많은 돈을 받는 건 아니다. 보통 처음으로 승선하는 인도네시아 선원의 임금이 월 700~800달러 정도이니 수딘은 일반 선원보다 무려 7배가 넘는 고액 임금자였다.

이런 수딘도 30년 전 한국 배에 처음 탔을 땐 한 달에 고작 200달러를 받았다고 한다. 첫 임금이 너무 낮다고 생각할 수 있지만, 인도네시아에서 배를 타면 월 100달러를 겨우 받는 시절이었다. 거기에 나중에 받는 하역비가 5, 6천 달러 정도였으니 현지에서 일하는 것과는 비교도 되지 않는 벌이였을 것이다.

수딘이 한국에서 도크 수리 중일 때 나에게 약속한 게 하나 있었다. 자신에게 나무를 사주면 나중에 우리가 타고 있는 패밀리아호와 똑같은 모형을 만들어 주겠다는 거였다. 나는 선뜻 목공

점점 모양을 잡아가는 선체

을 담당하는 업체에 주문하여 네모난 직사각형의 나무 한 토막과 조각칼을 사서 수딘에게 넘겨주었다. 그때만 해도 그의 실력이 어느 정도인지 몰랐지만 말이다.

조업지로 나와 3개월 동안 나무를 바싹 말린 뒤 조각가 수딘의 작업이 시작되었다. 도면도 없고 세부 스케치도 없이, 파푸아뉴기니에서 사 온 마체테를 이용해 나무를 조각했다. 무심한 듯 내려치는 마체테에 나무 살점이 뚝뚝 떨어져 나가자 금세 선체 외형이 잡혀갔다. 조각칼로 나무를 파내가며 선실을 만들더니 선실 속에 전선 작업까지 해서 라이트가 들어올 수 있게 만들 거라고 했다. 일주일가량 톱밥을 흩날리며 샌딩 작업이 이어졌다. 거칠었던 나무를 매끈하게 만들자 진짜 그럴싸한 배가 떡하니 만들어졌다. 지금 그대로, 아무것도 추가하지 않아도 될 것 같은데 수딘은 이제 시작이라며 연신 나무를 깎아댔다.

알다시피 원양어선은 매일같이 조업을 해야 한다. 항해 파트는 레이더로 어탐을 하고, 코파에서 망원경을 보는 등 쉬는 날 없이 일해야 하지만, 갑판부의 경우 조업에 필요한 준비만 완료하고 나면 조업 스탠바이를 하기 전까지는 여유가 있는 편이다. 수딘은 그 시간을 목공 작업 시간으로 활용했다. 브리지에서 한 번씩 내려가 볼 때마다 점점 더 근사한 배가 만들어지고 있었다. 매끈하게 만들어진 선체에 브리지와 코파, 메인 붐과 보조 붐, 파워 블록까지 만들더니 연통도 설치했다. 크레인과 퍼스윈치 등 실제 조업에 필요한 장비까지 손수 만든 수딘은 나무토막을 잡고 잠깐 생각하더니 선망선의 꽃과 같은 헬리콥터와 스키프 보트, 네트 보트까지 조각하기 시작했다. 솜씨가 어찌나 정교한지, 수딘의 손길이 닿는 나무토막마다 새 생명을 얻었다.

배에서 사용하는 작은 윈치들과 블록은 수십 개인데 수딘은 그 모든 것을 손수 만들었다. 더 놀라운 것은 그냥 외관만 본뜬 게 아니라 모두 작동이 되도록 만들었다는 점이다. 헬리콥터의 로터가 돌아가고, 크레인의 붐대는 움직였다. 만드는 것을 지켜보는 내내 감탄을 금치 못했지만, 모든 기기가 움직이는 것을 보곤 하

완성된 패밀리아호를 최종 점검한 후 엄지척을 하는 일류 조각가 수딘

늘이 내린 재능이란 이런 것이란 생각이 들었다.

　수딘의 디테일이 어느 정도냐 하면, 실제 코르크를 하나 떼어 오더니 칼로 잘라서 손톱보다 작은 크기의 둥근 코르크를 수십 개 만들어 실제처럼 엮었다. 또 철사를 하나씩 구부려 체인을 만들고 메인 와이어까지 만들었다. 나무 선체 위에 스키프 보트와 네트 보트, 헬리콥터까지 안착시키고 나니 영락없는 패밀리아호였다. 마침내 매끈한 나무 위로 왁스 칠을 하는 것으로 장장 3개월에 걸친 모형 배 만들기가 마무리됐다.

　실력이 이 정도니 '아니 왜 이런 재능을 두고 배를 타지?'라는 생각이 드는 건 당연했다. 나는 수딘에게 인도네시아에서 조각가로 먹고살 수는 없는 거냐고 물었다. 이런 재주가 있으면 굳이 먼 바다까지 나와 매일 같이 파도와 싸워가며 고생하지 않아도 되지 않느냐고 말이다. 수딘은 인도네시아에서 이런 재주로는 월 5,000달러를 벌 수 없을뿐더러, 설령 벌 수 있다고 한들 배를 타는 것보다 더 고생할 거라면서 껄껄 웃었다.

외국 선원이건 한국 선원이건 꽤 오랫동안 배를 탄 선원들은 새로운 일에 도전하는 것에 상당한 두려움을 가지고 있다. 나부터도 만약 지금 새로운 일을 시작해야 한다면 과연 뭘 해야 좋을지 생각만 해도 머리가 복잡해진다. 일이 고되고 장기 승선이 끔찍할 때도 있지만 이만큼 잘할 수 있는 일을 찾기 힘들고, 이만한 돈을 벌기도 쉽지 않기 때문이다. 설령 수딘처럼 뛰어난 재능을 갖고 있더라도 늦깎이로 다른 분야에 도전하려면 용기가 필요할 것이다. 하지만 평생 이 일을 할 수는 없을 테니 나도 훗날 발을 내디딜 영역을 넓혀 두어야겠다는 생각을 하는 요즘이다.

드디어 하선이다!

"스키프 보트 올라왔습니다. 항해해도 되겠습니다!"

조업이 끝나고 보조선이 본선에 올라오자 이등항해사가 그토록 고대하던 말을 했다. 조업을 무사히 마쳤으니 이제 항로를 잡아 다시 항해해도 좋다는 통상적인 뜻이었지만, 이 말이 그토록 기뻤던 건 드디어 이번 어기의 마지막 조업이 끝났기 때문이다.

"우와아아아!!!"

고기가 가득 실려 육중해진 패밀리아호가 입항지인 솔로몬제도의 호니아라를 향해 뱃머리를 돌리자 선원들이 환호성을 질렀다. 그중에서도 나로 말할 것 같으면, 2019년 3월에 세레나2호에 승선하여 2021년 7월에 패밀리아호로 전선, 그리고 2023년 2월에 드디어 어기 교대를 하게 되었으니 그 기쁨이 얼마나 컸겠는

가. 무려 48개월의 여정이었다. 햇수로는 5년, 만 4년을 꼬박 승선
했으니 마지막 항차의 한 달은 48개월 중에서도 가장 시간이 느
리게 간 한 달이었다.

솔로몬제도 호니아라에 입항해서 마지막 하역을 준비하는데
무심하게도 하늘에서 비가 내렸다. 냉동된 참치를 운반선으로 넘
겨야 하기에 비가 오면 하역은 일시 중단될 수밖에 없다. 하선을
목이 빠지게 기다리는 선원들에겐 미안했지만 밤늦게까지 야간
작업이 이어졌다. 눈치 없는 비가 오다 멈추기를 반복했지만 다
행히 교대팀이 오는 날 점심쯤에는 하역을 끝낼 수 있었다. 저 멀
리서 교대자들을 태운 보트가 모습을 드러내자 마음은 벌써 집으
로 돌아가는 비행기를 타고 있었다.

드디어 인수인계까지 마치고 하선하자 하늘을 날아갈 듯 기

분이 좋았다. 이때의 해방감을 한마디로 표현하기는 어렵다. 항해사는 업무 특성상 선박의 모든 면을 보살펴야 한다. 사고 없이 안전한 조업이 이루어지게 해야 하고, 일정에 맞게 배가 운용될 수 있도록 보이지 않는 곳까지 신경을 많이 써야 한다. 직급이 높아질수록 선내 복지와 관리에도 신경 써야 하니, 선원들과 사관, 선장님의 비위도 맞춰야 한다. 티를 내진 않지만 그 모든 무게가 배에서 생활하는 동안 나를 짓누르고 있다가 하선과 동시에 자유의 몸이 되니 그 홀가분함은 말할 수 없을 정도였다.

호니아라의 호텔에 들어가자마자 침대에 몸을 날리고는 비명을 질렀다. 일단 내일 아침은 아무런 걱정 없이 푹 자도 된다는 사실이 너무 행복했다. 늘어지게 늦잠을 자도 된다는 해방감 속에서 새벽까지 배에서 가져온 위스키로 하선의 즐거움을 달랬다. 그리고 다음 날, 귀국길 비행기에 올랐다. 호니아라에서 한국까지는 꼬박 24시간이 걸렸다. 인천공항에 비행기 바퀴가 닿자 내가 드디어 한국에 왔다는 것을 실감할 수 있었다.

한국에 도착해 가장 먼저 만난 사람은 1년 동안 나를 애타게 기다려준 여자친구였다. 지난번 상가수리 차 입국했을 때 만난 소중한 인연이다. 고작 40일을 만나다 다시 승선해야 했는데, 멀리 떨어져 있는 내게 끊임없이 안부를 물어준 고마운 사람이었다. 어느새 결혼까지 생각하게 된 그녀를 1년 만에 만난 것이다.

2019년 3월에 승선한 세레나2호에서 28개월, 전선한 패밀리아호에서 20개월을 보냈다. 긴 여정의 승선을 끝마치고 2023년 2월 하선하고 보니 나도 어느덧 스물아홉 살이 되어 있었다. 20대 청춘의 절반 이상을 바다에서 보낸 셈이었다.

한국에 귀국하면 배에서 있었던 일들이 꿈만 같다. 4년 전에 승선할 때만 해도 배에서 가장 막내였던 내가 이제는 일등항해사라는 꽤 높은 위치까지 올라갔다. 삼등항해사 시절부터 억대 연봉이 가능했지만 그때는 기타 수당을 다 끌어모아야 가능했다면, 일등항해사가 된 지금은 두 배에서 많게는 세 배까지도 벌 수 있다. 물론 어장 상황에 따라 기복이 크지만 말이다. 이번 승선 동안 유독 고장도 잦았고 사건, 사고가 많아서 어획량은 많지 않았지만, 앞으로 살아갈 신혼집을 구하고 결혼자금을 마련하기에는 부족함이 없었다.

그리고 이 기간에 만든 유튜브 채널이 어느새 성장해 실버 버튼까지 받을 수 있어서 나한테는 여러모로 감사한 시기였다. 게다가 길고 긴 코로나도 어느덧 끝나가고 있었으니, 그야말로 기가 막힌 하선 타이밍이었다.

5장

항해사,
결혼하다

우리는 모두 인생이라는 바다를 항해하는 존재들이다.
We are all voyagers upon the sea of life.

_헨리 워즈워스 롱펠로우

거절할 줄도 아는 남자

만 4년이라는 긴 승선을 마치고 한국에서 여유로운 휴가를 보냈다. 원양어선의 항해사와 기관사들은 선장님과 기간제로 계약을 하는 방식이기 때문에 하선과 동시에 퇴직 처리가 되고 실업자 신분이 된다. 당연히 하선 기간에는 월급이 나오지 않지만, 다시 나갈 배가 정해지기 전까지는 자유의 몸이란 사실에 눈만 떠도 행복한 하루하루를 보내고 있었다.

배를 탈 때, 하선하면 하고 싶은 것들을 종이에 빼곡히 적어 놨었다. 코인 노래방 가기, 편의점 가서 먹방 찍기, 하루 종일 자기, 뭐 이런 것들. 남들은 마음만 먹으면 할 수 있는 별거 아닌 일들이지만 나에게는 더없이 소중하고 확실한 행복, '소확행'이랄까. 여자친구와의 여행도 그중 하나여서, 3월이 되고 날이 풀릴 때쯤 여자친구와 제주도로 떠났다.

'떠나요~ 둘이서~ 모든 걸 훌훌 버리고~ 제주도 푸른 밤 그 별 아래~'

한껏 분위기를 띄우는 노래를 부르면서 해변도로를 달렸다. 여자친구가 좋아하는 갈치조림집도 들리고, 제주 명소도 구경하면서 그동안 미뤄둔 행복 좀 누리려는데 갑자기 전화벨이 울렸다. 발신자를 보기 전부터 왠지 느낌이 싸했다. 이 시간에 눈치 없이 전화할 곳이 회사 외엔 없었기 때문이다. 역시나 휴대전화 액정에 회사 인사팀 과장님 이름이 떴다. 하선한 지 얼마 되지 않았는데 설마 벌써 배를 타라는 걸까? 여자친구한테 미안했지만 전화를 받을 수밖에 없었다. 역시나, 이번에 새로 인수해 수리한 배가 출항 예정인데 그 배에 타는 게 어떻겠냐는 전화였다.

지금 회사로 들어올 수 있냐는 걸 제주도 여행을 이유로 거절했다. 4년을 하루도 쉬는 날 없이 일했으니 적어도 반년 정도는 여유 있게 쉴 생각이었다. 그런데 반년은커녕 고작 한 달도 되지 않아서 배를 타라니. 아직 한국에서 할 일이 많이 남아 있는데 말이다. 6개월 동안 살 원룸도 계약한 상태였고, 다음 달에 여자친구와 떠나기로 한 튀르키예 비행기표도 불과 일주일 전에 예매한 상황이었다. 청천벽력 같은 이 소식이 전화기 너머로도 들렸던 걸까. 옆에서 가만히 듣고 있던 여자친구의 표정이 슬퍼 보였다.

차마 그 얼굴을 똑바로 바라볼 자신이 없었다. 1년을 묵묵히 기다려준 여자친구에게 곧 다시 떠날지도 모른다는 말을 어떻게 해야 할까?

많은 원양어선 회사들이 비슷한 인력난을 겪고 있다. 새로 승선하는 사람은 적은데 배에서 내리려는 사람은 많으니 대부분의 원양어선 항해사나 기관사는 제때 어기를 마치지 못한다. 어선을 타려는 사람이 너무 적어서 "교대자를 구할 때까지 한 항차만 더 일해 달라"는 게 회사로부터 듣는 단골 멘트가 됐다. 70년대부터 90년대까지는 배를 타겠다는 사람이 넘쳤다고 한다. 특히 IMF 때는 너도나도 찾아와 배를 타게 해달라며 뒷돈까지 주었다는데 이제는 다 옛말이다. 시대가 달라진 것이다.

매년 대한민국 수산고등학교나 대학교에서 해기사 인력을 500명가량 배출한다. 하지만 그중 상선이 아닌 원양어선에 승선하는 비율은 5%에도 미치지 못한다. 승선학과를 졸업하는 학생 60명 중 고작 2, 3명 정도만 원양어선을 타는 실정이다.

내가 대학에 다닐 때는 원양어선이나 선박에 3년 동안 승선하면 병역특례를 받을 수 있는 승선근무 예비역 제도가 큰 메리트였다. 하지만 코로나가 전 세계를 강타하자 나의 모교를 포함한 대부분의 학교가 비대면 수업을 하게 되었고, 선후배 관계가 단

절되면서 승선근무 예비역 제도를 잘 모르는 신입생 대부분이 일반 군입대를 하게 되면서 어선을 타겠다는 지원자가 훅 줄었다고 한다.

뭐, 말이 군대 대신 3년이지, 일반 입대의 경우 18개월 동안 수십 번 휴가가 주어지고 외박, 외출 등 자주 밖으로 나갈 기회가 있지만, 승선근무 예비역 제도의 경우 한번 배를 타면 1년 이상을 배에서만 보내야 한다. 그러니 3년만 채우고 다시는 원양어선을 타지 않는 사람도 많다. 나도 동기 10명과 함께 병역특례를 받고 원양어선에 승선했지만 지금은 혼자만 이 태평양에 남게 되었다. 특례가 끝날 시점이 되면 연애도 하고 싶고, 여행도 다니고 싶고, 슬슬 가정을 꾸리고 싶은 마음도 생기는데, 1년 이상 바다에서 고립된 생활을 또 하겠다는 선택을 쉽게 할 수가 없는 것이다.

원양어선 운용 방식의 구조적 한계 때문에 많은 친구들이 어선을 떠나는 게 마음 아팠다. 원양어선에서 더 일할 마음이 있던 친구들까지 조금이라도 일찍 육지에서 자리를 잡는 게 낫겠다고 판단하고 원양어선을 떠났다. 어선 생활에 나름의 자부심이 있는 나 역시 좀 더 배를 타는 것과 지금이라도 육지에서 다른 직업으로 자리를 잡는 것 사이에서 늘 고민하곤 했다.

배를 타는 동안에는 무언가를 계속 포기해야 하거나, 기약 없이 미루거나, 그래서 소중한 기회를 잃을지 모른다는 막연한 두

려움이 늘 따라다녔다. 과연 이 두려움과 염려에서 벗어나는 날
이 올까?

"걱정하지 마. 너랑 같이 튀르키예 갈 거야."

그날, 금방이라도 울 것 같은 여자친구에게 나는 그렇게 말했
다. 이 사람을 놓치면 앞으론 아무도 만날 수 없을 것 같은 확신에
가까운 예감이 들었다. 그것이야말로 후회와 절망의 망망대해를
정처 없이 떠돌게 될 일생일대의 실수일 테니까.

여자친구와의 환상적인 제주도 여행을 마치고 돌아와 회사로
갔다. 한 손에는 선원수첩이 아닌 청첩장을 들고서. 당분간 결혼
을 준비해야 해서 배를 탈 수 없을 것 같다고 말했더니 다들 깜짝
놀라며 축하해 줬다. 인생엔 때가 있다는 말이 있다. 그렇다면 나
는 지금 여자친구에게 집중할 때였다. 한 번도 회사의 승선 권유
를 거절한 적이 없었지만 이번만큼은 정말 잘했다는 생각이 들었
다. 거절과 결혼, 이 둘은 나에게도 용기가 필요한 일이었다.

인연은 있다

1년에 최소 3, 4개월(상선의 경우), 길게는 12개월에서 14개월을 먼 바다로 나가 있는 항해사와 기관사는 결혼은커녕 제대로 된 연애조차 하기 힘들다.

　그런 항해사에게도 궁합이 잘 맞은 직업군이 있는데 간호사, 교사, 그리고 동종업계 종사자를 꼽을 수 있다. 동종업계에서 일하는 사람 중엔 같은 학교 출신도 많아서 서로를 잘 이해하고, 교사는 방학 기간이 있어서 하선 시기를 맞춰 같이 여행이나 휴가를 갈 수 있다. 고등학교 때 담임 선생님도 남자친구가 항해사라고 하셨는데 지금은 결혼해서 아이도 낳고 알콩달콩 잘 살고 계신다. 마지막은 간호사로, 항해사나 기관사처럼 3교대 근무가 많고, 항상 바빠서인지 자주 보지 못하는 뱃사람의 업무 환경을 잘 이해해 준다고 한다.

나도 우연인지 운명인지 간호사를 만나게 되었다. 패밀리아호를 타고 상가수리를 하러 들어왔던 2021년 12월 31일, 우리는 처음 만났다. 너나없이 마음이 붕 뜨는 연말연시, 할 일 많은 업체들이 조금이라도 빨리 퇴근하려고 나를 들볶으며 수리 청구서를 받아 간 날이었다. 그물 하륙 작업까지 마무리하니 밤 8시가 되었다. 종일 일에 치이다 막상 배에서 내리려니 그제야 긴장감이 밀려왔다. 소개받은 후 줄곧 연락만 하고 지내던 그녀를 처음으로 만나는 날이었기 때문이다.

"나 어디로 가야 해?"

"감천항 원양선원회관으로 와!"

첫 만남을 원양선원회관에서 하자는 사람은 나뿐일 것이다. 다들 시내로 빠져나가 버려서 북적이던 항구가 조용하다 못해 썰렁했다. 원양선원회관을 향해 걷는데 몸이 떨리고 이상했다. 3년 만에 느끼는 매서운 겨울 날씨 때문만은 아니었다. 게이트에 들어서자 저 멀리 회관 앞에 그녀가 타고 있는 차가 보였다. 한 걸음 한 걸음 그녀에게 걸어가 피차 수줍은 인사를 건넸다.

우리는 딱히 갈 곳이 없었다. 코로나로 밤 9시면 모든 가게가 문을 닫던 때였다. 그것도 2차 접종까지 마친 사람만 출입할 수 있는데, 줄곧 태평양에만 있던 나는 백신을 맞지 않아서 영업장에 들어갈 수 없었다. 근처 카페에서 커피 두 잔을 사 들고 차로 돌아왔다. 그녀는 커피를 든 내 손을 보더니 손이 정말 작다며 자기 손보다 작을 거 같다고 말했다. 그러더니 갑자기 손바닥을 내밀며 손 크기를 대 보자고 했다. 동그란 눈으로 웃으며 나를 바라보는 그녀가 사랑스러웠다. 나는 아무렇지 않은 듯 손을 뻗고는 손바닥부터 엄지, 검지, 중지, 약지, 새끼까지 차례로 그녀의 손 위에 붙였다가 바로 떼어냈다. 잠깐의 침묵과 어색한 공기가 흐르고 내가 먼저 말문을 열었다.

"봐, 내가 살짝 크지?"

"오, 그러네?"

우리는 감천항이 한눈에 내려다보이는 곳에 차를 세워두고 많은 이야기를 나눴다. 자정이 되자 저 멀리 바다 한가운데에서 2022년 새해를 기념하는 폭죽이 솟아올랐다. 밤하늘을 수놓는 불꽃이 마치 우리의 만남을 축하해 주는 것 같았다. 지금은 그때 왜 플러팅 했냐며 서로가 서로를 꼬셨다고 장난처럼 말하지만, 사실 다시 배를 타고서도 그때의 두근거림을 오래도록 잊지 못했다.

만난 지 얼마 되지도 않았는데 이미 그녀가 좋았다. 하지만 나는 수리차 한국에 들어온 것이고, 한 달 뒤에는 다시 나가야 해서 만나고 싶다는 이야기를 꺼내지 못했다. 미안함에 다른 좋은 남자 있으면 만나라는 마음에도 없는 소릴 했다. 나는 기억이 가물가물한데, 훗날 아내가 말하길 "나보다 좋은 남자는 없겠지만."이라는 말을 같이 했단다. 아내는 그 말이 멋있으면서도 불쌍해 보였다고 한다.

그렇게 우리의 만남은 시작됐다. 한국에 고작 40일 체항했지만, 우리의 스케줄은 퍼즐의 모퉁이가 꼭 들어맞듯 딱딱 맞아떨어졌다. 휴가를 받지 못해 발을 동동 구르던 어느 날은 선장님께서 당직을 대신 서 주셨고, 목포에서 수리를 받다가도 갑자기 여자친구가 일하는 부산에서 교육 일정이 잡혀 만날 수 있었다. 어느 날에는 여자친구의 근무 일정이 갑자기 바뀌어 깜짝데이트를 하는 행운을 얻기도 했다. 그렇게 하늘이 우리를 도와주는 것 같은 일들이 이어지면서 주어진 40일을 알차게 사용할 수 있었다.

여자친구는 처음 만났을 때부터 모든 일정을 나에게 맞춰 주었다. 첫 만남부터 1시간이 넘게 걸리는 먼 길을 차를 몰고 와서 기다려줬고, 내가 목포에 있으면 목포로, 통영에 있으면 통영으로, 감천항에 있으면 감천항으로 늘 와주었다. 10분이면 될 출퇴근길이 1시간, 3시간, 6시간으로 늘어도 기꺼이 내가 있는 곳으로 와주던 그녀가 너무 고마웠다.

그때 우리의 시간이 잘 맞았던 것은 하늘이 도와준 것도 있지만, 당시 여자친구가 교제는 엄두도 못 내던 내게 많은 것을 양보하고 맞춰 주었기 때문일 것이다. 그녀의 헌신이 있어서 지금 나는 결혼을 해 가정을 꾸리고, 좀 더 편안한 마음으로 배를 탈 수 있다. 이 자리를 통해 늘 나를 기다려주는 아내에게 말로 다 표현하지 못한 마음을 전하고 싶다.

지나야, 나와 함께해 주어서 고맙고 늘 기다리게 해서 미안해. 앞으로 더 많이 사랑할게!

가자, 튀르키예로

패밀리아호에서 하선 후 한국에서 정말 많은 일이 있었다. 그중 하나가 여자친구와 결혼을 약속한 일이다. 2022년 1월, 상가수리가 끝나고 다시 바다로 나가 있는 1년은 그동안의 승선 기간을 통틀어 가장 길고 견디기 힘든 시간이었다. 여자친구가 보고 싶어서 하선 날짜만 손꼽아 기다렸고, 다시 귀국해 교제를 이어가면서 결혼을 마음먹게 되었다. 하선해 있는 동안 결혼식을 올리고 신혼여행도 다녀오려면 시간이 많지 않으니 우선 양가 부모님을 찾아가 인사를 드리고, 6개월 뒤로 결혼식을 잡은 후 튀르키예로 한 달 살기를 떠나기로 했다.

장인어른과 장모님께 인사드릴 때 큰 도움이 됐던 건 <유 퀴즈 온 더 블럭> 출연 영상이었다. 1년 전, 상가수리 때 tvN 프로그램 <유

퀴즈 온 더 블럭>으로부터 출연 요청을 받았는데(그 무렵 한창 성장 중이던 내 유튜브 채널을 보고 연락을 해온 것 같다), 처음엔 일정이 촉박해서 거절했다가 회사에서 좋은 기회라며 출연을 권유해 급하게 촬영을 하게 됐다. 인기 방송의 영향력은 대단해서 방송 다음 날부터 나를 알아보는 사람이 생겨 신기했는데, 그 영상을 두 분께 보여드렸더니 단박에 자기소개가 끝났다. 원양어선을 탄다는 이야기를 꺼내기 쉽지 않을 때가 있는데, 특히 어른들이 갖고 있는 부정적인 인식을 유쾌한 영상 하나로 깨뜨릴 수 있어서 정말 다행이었다.

그렇게 양가에 폭탄처럼 결혼 소식을 알리고는 튀르키예행 비행기에 올랐다. 이렇게 긴 여행은 여자친구도 나도 난생처음이었다. 주변에 배를 탄다고 말하면 돌아오는 말 중 하나가 여러 나라를 여행할 수 있으니 부럽다는 이야기다. 절반은 맞고 절반은 틀린 말이다. 분명 남들이 가보지 못한 여러 나라에 가는 것은 맞지만 오직 조업과 하역이 목적이다 보니 여유롭게 관광이나 여행을 할 시간이 없기 때문이다.

미크로네시아 연방의 폰페이섬, 마셜제도의 수도 마주로, 키리바시 공화국의 수도 타라와섬, 라인제도의 크리스마스섬, 투발루의 수도 푸나푸티, 솔로몬의 수도 호니아라, 파푸아뉴기니의 라바울 등 태평양에서 참치를 잡는 선망선의 어장은 정해져 있고, 그래서 입항지도 늘 한정적이다. 더구나 입항 후에는 고된 하역이 기다리고 있으니, 아름다운 태평양 휴양지에서 여유 누리기란 말 그대로 '그림의 떡'인 것이다.

그래서 항상 한 나라를 여유롭게 둘러보는 여행을 하고 싶었는데, 마침 여자친구도 나도 여행 버킷리스트에 튀르키예가 있어서 어기가 끝나면 꼭 같이 가서 한 달 살기를 해보자고 약속했었다. 아는 사람 하나 없는 낯선 곳에서 오직 서로만 의지하며 긴 시간을 함께하고 싶었다.

유럽과 아시아 사이에 있는 튀르키예는 그 위치 때문인지 유럽의 정취가 물씬 풍기면서도 왠지 모르게 친근했다. 우여곡절 끝에 숙소에 도착해 짐을 풀고 이스탄불 거리로 나왔다. 여자친구와 해변을 걷다가 고등어 케밥을 파는 청년들을 보았다.

"우리 이거 먹으려고 한국에서부터 날아왔지, 그치?"

"맞아, 맞아!"

고등어 케밥을 시작으로 하루 다섯 끼씩 먹어가며 튀르키예를 여행했다. 이슬람 국가라서 육류는 주로 양고기가 나왔는데 곤욕스럽게도 우리는 둘 다 양고기를 먹지 못했다. 미식의 나라에 와서 미식을 즐기지 못하는 안타까운 상황이 많았지만, 여자친구와 함께하니 별것 아닌 것도 다 즐겁고 특별했다.

이스탄불에서의 일정을 마친 후 괴레메로 향했다. 우리가 그곳에 간 이유는 기암괴석 사이로 떠오르는 열기구를 보기 위해서 였다. 열기구는 바람의 영향을 많이 받기 때문에 타고 싶다고 해서 아무 때나 탈 수 있는 게 아니었다. 사막의 차디찬 새벽바람을 견디기 위해 옷을 겹겹이 껴입고 비행장으로 향했건만 첫째 날은 바람이 거세 열기구를 띄울 수 없었다. 다음 날도 예약이 다 차서 열기구를 탈 수 없었지만, 대신 산 정상에 앉아 기암괴석 사이로 두둥실 떠오르는 거대한 열기구들을 오래도록 바라볼 수 있었다. 완벽한 곡선을 띈 열기구들이 오색찬란하게 하늘을 수놓는 장면은 시간이 멈춰도 좋을 만큼 아름다웠다.

하루가 더 지나 마침내 열기구에 올랐다. 따뜻한 공기를 가득 품고 떠오른 열기구는 금세 고도를 높이더니 모래바람이 깎아 만든 희귀한 기암괴석 사이를 날아다니며 기가 막힌 풍경을 선사했다. 내 방 벽면 한쪽에 사진으로만 붙여놨던 형형색색의 열기구를 지금 내가 타고 있었다. 오랜 소망이었던 버킷리스트 하나를 여자친구와 이룰 수 있어서 행복했다.

그 뒤로도 튀르키예 여러 곳을 돌아다니며 많은 것들을 함께 했다. 안탈리아의 좁디좁은 버스 좌석에서 10시간 이상을 버티며 밤을 지새울 때도, 차를 빌려 타다 오토바이와 부딪혀 사고가 났을 때도, 낯선 거리를 2만 보씩 걸어야 했을 때도 우리는 두 손을 놓지 않았고 서로의 안부를 먼저 물었다. 5성급 호텔에서 호사를

누릴 때나 노상에서 서로의 어깨에 기대 잠이 들었을 때나 마냥 행복했다.

여행하는 동안 한 번도 싸우지 않은 게 신기했다. 30년 가까이 다른 방식으로 살아온 우리가 과연 낯선 환경에서 잘 지낼 수 있을까, 내게는 시험과도 같은 여행이었는데 서로의 차이나 나약함, 속내가 보여도 실망스럽지가 않았다. 여행의 목적을 이룬 것 같았다. 이 사람과 결혼해서도 잘 살 것 같다는 확신이 들었다.

그늘 밖으로 나온다는 것

우리가 다시 한국에 돌아왔을 때는 결혼식까지 남은 5개월의 시간과 계약 기간이 3개월 남은 10평짜리 원룸이 전부였다. 양가 부모님께 손 벌리지 않고 둘이서 다 준비해 보겠다고 당당하게 말했지만 살 집을 구하고 결혼을 준비한다는 게 너무 높은 산처럼 느껴졌다.

가장 먼저 한 일은 여자친구와 경제권을 합치는 것이었다. 요즘 반반 결혼이 유행이라고 하지만 나는 반반 결혼이 싫다. 결혼식 비용도 반반, 집안 살림 장만도 반반. 이럴 거면 왜 결혼하는지 이해를 못 하는 사람 중 한 명이다. 서로 경제적으로도 하나가 되지 않는다면 부부라 하기 어렵다는 나의 말에 여자친구가 적극 공감하며 경제권을 합쳤다.

사람들은 배를 타면 돈을 많이 버는 줄 안다. 틀린 말은 아니지만, 육지에 있을 때보다 많이 번다는 것이지 정말 엄청나게 차이가 나는 것은 아니다. 옛날에는 배를 타고 돌아오면 집안을 일으킬 정도였다고 하지만, 요즘은 치솟는 물가에 그저 한 가정을 무리 없이 먹여 살릴 수 있을 정도라고 생각한다.

나는 20대의 절반을 갈아 넣어 원양어선에 승선했기 때문에 나이에 비해서 어느 정도 자금을 가지고 있었다. 투자에 대한 관심도 많았다. 주변에서 모두 그 돈이면 목 좋은 곳에 아파트를 대출받아 사두고 우리가 살 곳은 전세로 구하라고 했다. 한바탕 부동산 투자 붐이 일어날 때라 지금 기회를 잡지 않으면 뒤처지는 게 아닌가 불안해서 여러 사람의 의견을 들어보기도 했다.

하지만 목 좋은 곳에 아파트를 구매하려면 대출을 받아야 했고, 그러면 내가 바다를 떠나 있는 기간에도 대출금 상환은 계속될 것이며, 결국 상환의 압박감에 무리해서 배를 타려 할 것 같다는 여자친구의 말이 무게 있게 느껴졌다. 결국 집은 투자의 대상이 아니라, 나와 가족이 건강하고 안전하게 살 수 있는 공간이면 그걸로 충분하다는 생각으로 우리가 살 집을 결정했다.

그렇게 집을 사면 다 끝날 줄 알았는데 이게 시작이었다. 잔금 날이 다가오자 부동산에서 연락이 왔다.

"등기 대리 법무사는 구하셨죠? 잔금 내실 때 같이 오시면 됩니다."

웬 법무사? 잔금 치르면 그냥 집을 주는 줄 알았는데 그게 아닌 모양이었다. 그제야 알아보니 등기를 치기 위해서는 법무 대리인을 구하거나 등기서류를 직접 받아야 했다. 등기의 '등' 자도 모르고 집을 사려고 했다니 지금 생각해 봐도 정말 무식하고 용감했던 것 같다. 알아보니 우리 생의 첫 주택이라 취등록세는 면제지만 등기하는 데 법무사 비용 50만 원이 든다고 했다. 집 사는 데는 억 단위의 돈을 썼지만 이런 돈은 아끼는 게 우리 부부다. 백수나 다름없는 신분이 돼서 시간이 많은 내가 인터넷 검색을 해가며 셀프 등기하는 방법을 알아냈다.

잔금 치르는 날, 머릿속으로 미리 시뮬레이션한 대로 이런저런 서류를 챙겨 차곡차곡 처리하니 부동산중개소 사장님과 전 집 주인이 젊은 부부가 똑 부러진다며 앞으로 잘 살 거라고 응원해 주셨다. 계약을 마치고는 바로 주민센터에서 전입신고를 하고, 등기에 필요한 몇몇 서류를 뽑아 법원으로 향했다. 몇 번이고 확인했지만 '내가 제대로 준비했을까?' 하는 불안감이 들었는데 다행히 등기를 담당하는 까칠한 직원이 몇 가지를 고쳐주어 잘 마무리할 수 있었다.

드디어 우리에게도 집이 생겼다. 신혼집은 노부부가 신축 후

15년 동안 이사 한번 안 가고 살던 집이다 보니 세월의 흔적이 묻어났다. 이제 이 집을 살고 싶은 집으로 바꿔야 했다. 예산은 한정적인데 우리가 바꾸고 싶은 것은 많았다. 한 달 정도 매일 인테리어 관련 정보를 찾아다녔고 아내가 일을 마치고 돌아오면 "이게 좋아, 저게 좋아?" 물어보며 현관 입구부터 에어컨 실외기실까지 모든 것을 우리의 취향대로 채워 나갔다.

공사를 맡기고는 아내와 집안을 채울 가구와 가전제품을 보러 다녔다. 결혼이라는 게 이렇게 준비할 게 많은지 처음엔 몰랐다. 아무것도 없이 시작하다 보니 살 집과 인테리어, 혼수처럼 굵직한 것들은 물론 밥숟가락과 젓가락 하나하나까지 다 신경을 써야 했다. 그 과정은 결코 쉽지 않았지만, 그래도 수리가 된 집에 들어가 보니 참치 300톤을 잡을 때보다 더 뿌듯했다. 나는 대학생 때부터 자취를 하고 알바로 생활비를 벌었지만 그때와는 차원이 달랐다. 그때는 누나와 부모님의 도움을 받았는데 이제는 정말 부모님의 품에서 벗어나 내 가정을 이루는 순간이었다.

먼저 결혼한 선배에게서 연락이 왔다.

"할 거 많재?"

"다 처음 해보는 거라 정신이 없네요. 그래도 하나씩 해나가는 재미가 있어요!"

"현무야. 이제 진짜 어른이 되어가는 거다."

이제 진짜 어른이 되어간다는 말을 한참 곱씹으며 생각했다. 나에게 부모님의 그늘이 얼마나 컸는지를 새삼 느낄 수 있었다. 우리의 부모님은 지금 내가 겪고 있는 이 모든 과정을 휴대전화와 인터넷도 없는 시대에 다 해냈다는 게 정말 대단했다. 그리고 넉넉하지 않은 상황에서도 항상 부족함 없이 사랑으로 우리를 키워주셨다. 나는 과연 우리 부모님처럼 조건 없는 사랑으로 자식을 낳고 키울 수 있을까? 그동안 당연하게 받아온 부모님의 사랑과 헌신의 무게가 이제야 남다르게 다가왔다.

인테리어가 완성된 집에 하나둘 가전이 들어오고, 가족들과 친구들을 초대하며 결혼 준비도 막바지에 이르렀다. 예식은 하루 단 몇 시간에 끝날 테지만, 그것을 준비하는 과정에 함께 넘은 수많은 언덕이 우리를 더 끈끈하고 단단하게 해주었다. 그럼에도 그 무렵 우리는 이 말을 달고 살았다.

"이놈의 결혼, 두 번은 못 하겠다!"

화흥리 피로연

꽃 화鯹, 흥할 흥興, 마을 리里. 한적하고 조용한 시골 마을 화흥리에 방송이 울려 퍼졌다.

"아! 아! 동네 사람들, 쩌~어기 토끼네 정섭이 아들 현무가 결혼을 한당께요! 마을회관에서 잔치가 있응께 싸게싸게 오쑈 잉~."

우리 집은 아버지가 젊으실 적에 토끼 농장을 했다. 나는 우리 집에서 소, 사슴, 염소, 닭, 돼지, 개는 봤어도 토끼는 본 적이 없지만 옛날 사진 속에서 토끼들 밥을 주는 아빠의 모습을 본 적은 있다. 중국에서 토끼털이 무지하게 수입되면서 농장을 접으셨는데 30년이 더 넘은 지금도 우리 집은 '토끼네'로 통한다. 아버지가 어렸을 적부터 한 마을에서 살아온 마을 분들은 내가 태어나고 커오는 과정을 다 지켜보셨다. 따로 결혼 인사를 드리고 식사를 대접하는 게 예의란 생각에 마을회관에 자리를 마련했다.

이른 아침부터 곱게 한복을 차려입고 아내와 함께 사방이 푸른 나무에 둘러싸인 산길을 내려갔다. 학교 다닐 때는 매일 책가방을 둘러매고 오가던 길을 아내의 손을 잡고 갈 만큼 시간이 흘렀다. 옛날에 이 길목에 큰 개가 있어서 다른 길로 자주 돌아갔다고 말해주는 사이에 어느새 마을회관에 도착했다.

'김정섭 박용심 차남 현무 결혼 축!'

마을회관에 큼지막한 현수막이 걸려 있었다. 나는 이런 작은 마을에서 태어났고, 그 덕에 이웃집 숟가락이 몇 개인지, 소를 몇 마리 키우는지도 훤히 알며 지냈다.

"우리 이쁜 며느리 일루 와!"

작은아버지는 이른 시간부터 술에 취해 계셨다. 아침부터 술을 드신 건지, 전날의 술이 아직 안 깨신 건지, 아니면 술은 입에 대지도 않았는데 취해 보이는 건지는 확실하지 않았다. 작은아버지는 항상 흥이 많고 텐션이 높은 분인데 이날은 여느 때보다 한껏 업된 상태로 나보다 아

내를 챙기셨다.

동네 어르신들도 한 분 두 분 도착하시면서 축하와 덕담을 해 주셨다. 스무 살부터는 고향을 떠나 살아서 오랜만에 뵙는 반가운 얼굴들이었다. 하지만 그새 주름이 많아지고 등도 굽으신 걸 보니 세월이 야속하다는 말이 실감 났다. 어르신들이 나를 아기 때부터 봐온 것처럼 나는 그분들의 창창했던 청년 시절과 중년 시절을 기억한다. 매일 불같이 화를 내셔서 기피 대상이던 어르신은 이제 이빨 빠진 호랑이가 되셨고, 뵐 때마다 늘 인자하게 웃어주시던 어르신은 이제 더는 찾아뵐 수 없다. 부모님의 얼굴에서도 세월을 실감할 수 있었다. 지금 이 시간도 결국 과거가 될 테니 우리는 최선을 다해 지금을 누려야 한다. 매 순간 행복한 결정을 하면서.

그런 생각을 하며 아내를 바라보았다. 낯선 환경에서도 어색해하지 않고 최선을 다해 마을 어른들을 대하는 아내가 고맙고 대견했다. 아내를 향해 찡긋 웃으니 쪼르르 달려와 내 팔을 감싸 안았다. 마을 할머니들 눈에 그런 우리가 예뻐 보였나 보다.

"어서 이라고 이쁜 애기를 주어 왔다냐?"

"어디서 이렇게 예쁜 아내를 데려왔냐고 하시네."

시골 사투리가 신기한 아내에게 나는 배시시 웃으며 통역을 자처했다.

"그러니까요. 결혼 너무 잘한 거 같아요!"

"그라제~ 그라제~ 싸게싸게 애기 맹글어야제~ 뽐새 본께는 애기도 이뻐장 하것다."

마을 어르신들의 덕담이 끝날 줄을 몰랐다. 도토리 같던 현무가 어느새 커서 장가를 간다니 흔치 않은 마을 경사에 아직 태어나지 않은 아이까지 등판했다. 그 자리에 난감해하는 아내를 혼자 두고 밖으로 나왔다. 아내가 훗날 그때를 회상할 때마다 눈을 흘길 거리를 만들어주고 싶었는지도 모르겠다. 열 명이 넘는 할머니들 사이에서 아련한 눈빛을 보내던 아내 표정을 생각하면 지금도 웃음이 난다.

하나둘 손님이 돌아가고 북적이던 회관도 어느새 조용해졌다.

아침부터 손님을 치르는 것이 보통 일이 아니었지만 언제나 큰일을 마쳤을 때 밀려오는 뿌듯함은 이루 말할 수 없었다. 나도 이런 큰 잔치는 처음이라 긴장됐는데 아내는 낯선 사람, 낯선 환경 속에서 더 힘들었으리라. 그래도 끝까지 밝게 웃으며 손님을 맞아 준 아내 덕에 무사히 피로연을 마쳤다. 어른들 말씀처럼 예쁜 색시를 주워왔응께 앞으로 잘 살 일만 남았다!

다시 원양어선 타러 가는 남자

완벽한 휴가였다. 하선 후 6개월 동안 결혼식을 준비하며 아무것
도 없는 작은 원룸에서 아내와 신혼생활을 시작했다. 곧 작은 아
파트를 구해 예쁜 보금자리를 꾸렸고, 예식 당일엔 평생 함께할
것을 약속하며 아내와 꿈 같은 버진로드를 걸었다. 지금도 눈을
감으면 그날의 환호성이 귓가에 생생한데 어느덧 한 달이 훌쩍
지났다는 게 믿기지 않았다.

아내가 해주는 완벽한 달걀프라이로 아침을 시작하며 만족스
러운 연휴를 보내던 어느 날, 전화벨이 울렸다.

"항해사님, 타고 나가실 배가 12월 초에 입항 예정입니다."

"……네!"

이번에 내가 탈 배가 만선을 앞두고 있고, 만선 후 한국에 입항하면 선원 교대가 이루어질 거라는 연락이었다. 같이 승선하기로 한 선장님, 기관장님과 배를 선택했을 때가 지난 3월 경이었다. 8월에 나가는 일정과 11월 이후 나가는 일정 중 11월 이후를 선택해 최대한 아내와 긴 시간을 함께했다. 10월에 결혼식을 올리고 한 달 뒤 전화를 받았으니 달콤한 신혼 기간이 너무 짧아 아쉬웠다.

이번에 나가면 최소 14개월은 바다에 있어야 했다. 그나마 다행인 것은 12월 초에 한국에 들어올 배가 대대적인 상가수리를 받을 예정이라 한 달 이상은 더 한국에 머물 거라는 점이었다. 행복한 시간일수록 더 빨리 흘러가는 무슨 상대성 이론이 있다던데, 유예받은 한 달도 쏜살처럼 흘러 어느덧 출항일이 다가왔다.

결혼한 지 딱 80일이 되는 날이었다. 400일 이상을 떨어져 지낼 생각을 하면 벌써부터 마음이 착잡했지만 애써 밝은 표정을 지으며 아내와 처음 만났던 감천항으로 향했다.

캐리어에는 남편이 바다에 나간다며 아내가 대신 챙겨준 시꼬미[32]가 한가득이었다. 작업복이 종류별로 있고, 귀여운 발수건에, 습한 바다에서 사용하기 좋은 제습제와 스포츠타월, 샤워타월, 그리고 한국 사람만 아는 이태리타월까지. 그 외에도 발이 편한 슬리퍼, 욕실화, 개인 텀블러와 수건, 그리고 배 타는 사람이라면 꼭

---

32 쌀, 부식, 상비약, 기름 등 배에서 필요한 것 일체를 이르는 전라도 사투리.

챙겨야 할 필터용 샤워기 등 욕실용품이 가득했다. 아내가 그다음으로 신경 쓴 건 내 피부였다. 1일 1팩을 위한 마스크팩과 스킨로션, 알로에 진정제 등등…. 태평양의 뜨거운 햇빛에 살 타지 말라며 강도가 쓰는 복면 같은 버프도 여럿 넣어 주었고, 선크림은 자외선 차단율이 높은 제품으로 꼼꼼히도 챙겼다. 이거 다 쓰기 전까지는 집에 못 오겠다.

그물과 출어품까지 다 선적하자 이제 정말 출항할 시간이었다. 가족과 친구들까지 배웅해 주어서 그 어느 때보다 마음이 뭉클했던 날이었다.

"올 라인 렛 고."

선장님의 오더에 배를 묶고 있던 계류줄이 풀어지고 배가 서서히 바다로 들어갔다.

"다들 추운데 오시느라 고생 많았습니다. 돌아올 때까지 다들 건강하시길 바라며, 저희도 힘을 내 안전조업과 대어만선을 이루고 돌아오겠습니다. 사조 파이팅!"

선장님의 작별인사와 함께 우리가 탄 배는 부산 감천항을 출발했다. 차디찬 겨울바람이 코끝을 할퀴는 바람에 눈가가 금방 촉촉해졌다. 큰 연통에서 피어오른 검은 연기가 미처 돌리지 못한 내 마음처럼 감천항을 가리키고 있었다. 배가 육지로부터 멀어지며 아내의 모습이 점점 작아졌다.

나는 그렇게 다시 바다로 나왔다. 이등항해사 시절을 보냈던 세레나2호에 다시 올라 이제는 일등항해사로서 나만의 두 번째 항해일지를 써 내려가고 있다.

끝없이 펼쳐진 바다 한가운데서 참치를 찾아 떠돌고, 백파를 향해 2,500미터 길이의 그물을 던지는 것이 나의 일이다. 63빌딩 스무 채가 들어갈 어망에 참치 떼를 가두고, 푸른 바다를 피로 물들이며 환호하는 날것의 원양어선. 나는 이곳에서 선원들이 흘리는 땀방울의 무게를 알고, 그 모든 순간에서 기어이 낭만을 찾아내는 행복한 뱃사람이다.

언젠가 선장이 되어 나만의 "렛 고!"를 외치는 그날을 손꼽아 기다리고 있다. 그때까지 안전조업과 대어만선을 기원하며, 나의 항해는 오늘도 순항 중이다.

뜻밖의 선장 수업

"고기는 보일 때 잡아야 한다."

내가 제일 존경하는 정인용 선장님이 항상 하시던 말이다. 정인용 선장님은 다시 타게 된 세레나2호의 선장님이다. 이번이 첫 만남은 아니고, 이등항해사 시절 처음 탄 세레나2호의 선장님이셨는데, 그 인연이 이어져 이번에는 일등항해사로서 같은 배를 타고 바다에 나가게 되었다.

선장님은 항상 선단에서 어획고 1등을 놓치지 않는 분이셨다. 그런 만큼 작업 스타일 또한 무척 빡빡했는데, 다른 배들이 모두 작업을 마무리하고 있을 해질녘에도 우리 배는 고기를 쫓기 바빴고, 새벽에는 가장 먼저 일어나서 어군을 찾아다녔다. 고기는 보일 때 잡아야지 나중은 없다는 게 선장님의 신념이었다.

그 말을 따라 나를 포함한 갑판부와 기관부 선원들은 선장님이 명령하실 때 언제든지 투망을 할 수 있도록 만반의 준비를 해놓았다. 그렇게 1년이 넘는 시간을 선원 모두가 하나로 움직였더니 태평양에서 조업하는 어선 중에서도 손꼽힐 정도로 좋은 성적을 거둘 수 있었다. "돈을 쫓아가면 고기잡이가 안 되더라. 그런데 고기를 쫓아가니 돈이 따라오더라."라는 선장님 말씀을 하루하루 체험하는 시간이었다.

선장님과 다시 만난 세레나2호에서 1년여를 보내고 어기 종료가 한 달 남은 어느 날, 선장님이 나를 조용히 방으로 부르셨다.

"현무야. 너, 선장 할 수 있겠나?"

"네? 제가요??"

뜬금없이 무슨 말씀일까 싶었는데 사정이 있었다. 우리의 교대 시점은 4월. 그런데 교대 예정인 선장님이 병원 치료를 받아야 해서 두 달 정도 선장 자리가 공석이 된 것이다. 급한 대로 육지에서 쉬고 있는 선장님들 중 한 명을 '알바 선장'으로 부를 수 있었지만, 정인용 선장님께서 회사에 나를 강력하게 추천하셨다고 한다. 회사에서도 나를 좋게 봐주어서 나만 오케이 하면 남들보다 빠르게 선장이 될 기회가 코앞에 있었다. 그런데 순간, 나는 그 기회가 너무 무서웠다.

"아니요…. 선장님 계약 끝나면 저도 같이 들어가겠습니다…."

지금 생각하면 너무 한심한 대답이라 헛웃음이 나오지만, 당시 나에게는 선장이라는 직책이 태평양처럼 무겁게 느껴졌다. 선장님처럼 카리스마 있게 진두지휘할 자신도 없었고, 무엇보다 바다를 읽고 판단하는 능력과 경험치가 아직은 부족하다고 생각했다. 더군다나 매번 1등을 하던 우리 배가 처음으로 월에 한 뱃짐(한 번의 전재)을 하지 못할 정도로 어장 상황이 좋지 않은 때였다.

'이런 상황에서 내가 선장을 맡아 어획량이 곤두박질치기라도 하면……'

부족한 내 역량에 어장 상황까지 마음에 걸려 선장님의 제안을 거절했던 것이다. 그래 놓고 굴러온 복을 발로 찼다는 생각에 괴로운 며칠을 보내고 있는데 선장님이 다시 나를 부르셨다.

"내가 봐온 너라면 잘할 수 있다. 그래서 나도 회사에 강력하게 말한 게 아니겠나? 너는 나보다 잘할 수 있는 사람이다."

선장님은 나의 패기 없는 대답을 듣고도 회사에 전달하지 않고 기다리셨다고 했다. 오히려 일부러 작업 거리를 남겨주시며 내가 용기를 낼 수 있도록 밀어줄 준비를 하고 계셨다.

"네. 하겠습니다!"

결국 나는 선장이라는 무게를 감당해 보기로 했다. 세레나2호가 사조산업에서 이름을 달고 나온 지 6년. 나는 그중 4년 동안 세레나2호를 탔다. 이등항해사 때부터 타왔기에 세레나2호의 아주 사소한 부분까지 그 누구보다 잘 알고 있다고 자부한다. 게다가 한 어기 동안 같이 승선한 선원들도 내가 선장을 맡는 두 달 동안 함께하겠다며 집으로 돌아가지 않고 자원해서 배에 남아주었다.

속으로 잔뜩 쫄아 있을 예비 선장을 위해 최대한 편안한 환경을 만들어 주려는 마음이 고마웠다.

그렇게 나는 2025년 4월 17일, 선장으로서 역사적인 첫 출항에 올랐다. 교대가 이루어지는 연안국에서 선장님, 기관장님, 기관사만 하선하고, 남은 선원들과 함께 두 달간의 항해를 시작했다.

"올 라인 렛 고!"

나의 첫 명령에 따라 본선을 붙들고 있던 모든 로프들이 풀어지고 배가 바다를 향해 나아갔다. 설렘 반, 두려움 반의 휘몰아치는 감정 속에서 나만의 짧은 어기가 그렇게 시작됐다.

각오는 하고 있었지만 배 안에 의지할 상사가 없다는 건 엄청난 부담이었다. 그 무게는 이등항해사에서 일등항해사로 진급했을 때와는 차원이 달랐다. 이제 나의 입, 나의 손, 나의 머리에, 나 자신은 물론 선원들과 그 가족의 생계, 회사의 매출, 배의 쓸모까지 달렸다고 생각하니 무엇 하나도 허투루 결정할 수 없었다.

다행히 전임 선장님의 어깨너머로 배운 대로 임무를 수행하며 파도를 넘다 보니 어느새 두 달이 지나 나만의 짧은 어기를 잘 마무리할 수 있었다. 어획량도 좋은 성적을 기록했고, 배운 대로 하는 것을 넘어 나만의 방법도 찾아갈 수 있었다.

물론, 한 어기의 7분의 1에 지나지 않는 경험을 가지고 스스로 정식 선장이라고 생각하진 않는다. 하지만 덕분에 다음번 맡게 될 선장 업무는 훨씬 덜 긴장하며 해낼 수 있는 경험치를 얻었다고 생각한다.

밝아오는 새해엔 새로운 배에 올라 한 어기를 온전히 책임지는 선장 업무를 시작하게 된다. 이제 정말 처음부터 끝까지를 책임지는 나만의 어기가 다가오는 셈이다. 긴장과 두근거림 속에서 진정한 나만의 어기를 잘 마무리하고 돌아온다면 그때 나는 나를 정식 선장으로 인정할 수 있을 것 같다.

지금까지 좌충우돌했던 나의 항해일지를 읽어준 모든 분들께 감사드린다. 이 책에는 항해사로서의 생활상을 주로 담았지만, 훗날 기회가 된다면 멋지게 성장한 선장의 항해일지도 꼭 들려주고 싶다.

오늘의 바다는 어제와 다르고, 내일의 나는 오늘보다 더 멀리 나아갈 것이다. **올 라인, 렛 고!**

원양어선은 처음이지?

초판 1쇄 인쇄 2026년 1월 12일
초판 1쇄 발행 2026년 1월 20일

지은이 김현무
펴낸이 이범상
펴낸곳 (주)비전비엔피 · 애플북스

책임편집 김혜경
기획편집 차재호 김승희 한윤지 박성아
디자인 김혜림 이민선 인주영
마케팅 이성호 이병준 문세희 이유빈
전자책 김희정 안상희 김낙기
관리 이다정
인쇄 새한문화사

주소 우)04034 서울시 마포구 잔다리로7길 12 (서교동)
전화 02)338-2411 | **팩스** 02)338-2413
홈페이지 www.visionbp.co.kr
인스타그램 www.instagram.com/visionbnp
이메일 visioncorea@naver.com
원고투고 editor@visionbp.co.kr

등록번호 제313-2007-000012호

ISBN 979-11-996607-0-0 03810

이 책의 본문은 '을유1945' 서체를 사용했습니다.

· 값은 뒤표지에 있습니다.
· 잘못된 책은 구입하신 서점에서 바꿔드립니다.